把生活折腾成自己想要的样子

音衣九 —— 著

文汇出版社

图书在版编目 (CIP) 数据

把生活折腾成自己想要的样子 / 音衣九著 . — 上海 ：文汇出版社 ,2018.7
ISBN 978-7-5496-2672-4

Ⅰ . ①把… Ⅱ . ①音… Ⅲ . ①随笔 - 作品集 - 中国 - 当代 Ⅳ . ① I267.1

中国版本图书馆 CIP 数据核字 (2018) 第 147057 号

把生活折腾成自己想要的样子

著　者 / 音衣九
责任编辑 / 戴　铮
装帧设计 / 末末设计室

出版发行　文匯出版社
　　　　　上海市威海路 755 号
　　　　　（邮政编码：200041）
经　销 / 全国新华书店
印　制 / 三河市龙林印务有限公司
版　次 / 2018 年 7 月第 1 版
印　次 / 2018 年 7 月第 1 次印刷
开　本 / 880×1230　1/32
字　数 / 151 千字
印　张 / 8

书　号 / ISBN 978-7-5496-2672-4
定　价 / 38.00 元

别担心，你一定会得到梦寐以求的所有美好

龙应台说："有些事，只能一个人做；有些关，只能一个人过；有些路，只能一个人走。"

电影《花滑女王》中，娜佳就是一个努力的女孩。她很清楚自己的梦想，溜冰场上她摔倒了又会站起来，再不停地旋转、跳跃，从不放弃。她的脸上永远写满自信、勇敢，身上永远有一股坚持到底的狠劲。因为，她知道只有做出成绩后，自己才有可能到莫斯科或者圣彼得堡这样的大城市接受更专业的指导。

娜佳的梦想绝不是围着厨房的锅台转，她目标明确，希望有朝一日能登上顶峰，看到山顶的风光。

好友 M 跟我说，女人婚后的生活真是一地鸡毛，难处理的婆媳关系，佛系直男老公、爱黏人的淘气小孩、难伺候的上司等。M 感叹："早知道婚后的生活如此狼狈，就不该走进婚姻中。"

我知道，M 刚生完孩子，产后忧郁，家庭矛盾不断。整个月子里，她仿佛生活在地狱里。对于她的任何言论，我只是听听，并不发表任何意见。遇到她情绪不稳定时，便说几句好听的话安慰她。很多时候，温暖的语言是多余的，对方未必能听得进去。

半年后，再见 M，她已是另一个模样。怎么说呢？M 恢复得差不多了，开始上班了，聊起孩子来也是一脸的喜悦。而之前的那些鸡毛蒜皮已经荡然无存，仿佛她没有经历过那段暗淡的时光。

M 修复了受伤的内心，柔软了许多。每天看着变化中的孩子时，她的心情会大好。就在这段充满爱的时光中，她慢慢地从过去的阴影中走了出来，给自己加油打气，用行动证明了有一种女人是战斗力无穷的英雄。这种女人在生活中哭过、笑过，温柔过，也疯狂过。

以前M受委屈的时候，总希望老公能化身温暖大白安慰她，事实上，老公并不擅长哄女人。时间长了，M也习惯了，她明白生活中有些苦难是逃不掉的，只能咬紧牙关一步一个脚印地向前走。

再来说说M的近况，孩子上了早教班，她与老公的感情也修复到了婚前状态。她换了大房子，不跟婆婆一起挤60平方米的小房子了，婆媳矛盾缓和了。她的工作又上了一个新的台阶，薪水翻倍了，之前的二手车也换成了崭新的进口车。

经济基础决定上层建筑，婚后的美好生活中，M少不了添砖加瓦，她把自己活成了女王，身边的男人自然珍惜这个既会赚钱又顾家的精美女子。

生活很难，M经历的事情以及内心的变化，我们亦曾经历过。其实，一个女人的一生注定要经历一些事情，怎么也避免不了的，有些苦难必须自己去经历，但熬下去终会看到希望。

一个勇敢的女人总会在坎坷的生活里翻滚出浪花来，她能够活得精致，在俗气的生活里不放弃自己，在现实中挥动着梦想的翅膀。

一个被岁月温柔相待的女子，肯定是个努力、上进、笃定，又能主宰自己命运的女子。

一个女子只有自己强大了，才会遇到比自己强大的人；只有自己变好了，才配得起更好的人。

当一个女子与世界交手时，她才会懂得进与退，才会懂得拼搏与努力，才会活成自己想要的样子。

别担心，姑娘，你一定会得到梦寐以求的所有美好。

昔夜九

2018.5.20

目 录
Contents

第三章　如果幸运眷顾你，请继续努力

第四章　你处于最好的姿态才会有好运

第五章　如果全世界都靠不住，就靠自己

第六章　谢谢你没放弃，成为更好的自己

第 一 章

生活不会辜负每一个努力的人

当命运不够慷慨，你完全可以绝地反击

他爱你，也爱你的梦想

我们要对自己足够好，才能一直优雅到老

这个世界在温柔地善待你

只要你勇敢做自己，上帝都会帮你

世界不欠你什么，而是你还没还清生活的账

没有公主命，那就有颗女皇的心

愿你被这世界温柔以待，即使生命总以刻薄相欺

这世界正在偷偷奖励努力的你

当命运不够慷慨，你完全可以绝地反击

1

马尔克斯在《霍乱时期的爱情》里写道："人不是从娘胎里出来就一成不变的，相反，生活会逼迫他一次又一次地脱胎换骨。"

我的朋友小汐家境好，衣食无忧，高中毕业后她就去新加坡留学了。

不过，在小汐去新加坡的第四年，由于父亲做生意失败跑路了，不但房子和车子全部被人家拿去抵了债，家里还欠了几百万元的外债，连她下学期的学费也迟迟没有打过来。

小汐与母亲视频聊天时，母亲心灰意冷到说自己想跳楼。后来，母亲问她需要多少生活费，她骗母亲说："不用再给我打钱了，之前的生活费还没花完呢。"

之后的日子里，小汐每天勤工俭学过得很艰苦，但她还是咬着牙坚持了下来。但令她失望的是，大学里谈的男

朋友得知她的遭遇之后，狠心地提出了分手。她没有哭没有闹，而是平静地接受了事实。

直到有一天与弟弟视频聊天，弟弟告诉她自己很想吃红烧肉时，她难过得泪流满面。而母亲每天早早起床到菜市场买最便宜的菜，给弟弟做完饭后还要去打两份工。每念及此，她的心都要碎了。

一拿到毕业证书，小汐就立马找了一份工作。第一个月的薪水，她自己一分钱没留全部转给了母亲，还跟母亲交代，要给弟弟做一顿红烧肉吃。

直到现在，每个月的薪水她留下生活费，剩下的都会转给母亲，让母亲去还债。她说，父亲欠的债，她得还。所以，家里的外债一次次在减少。以前，要债的人几乎踏破了她家的门槛，现在他们不再为难母亲和弟弟了——只要能收回钱，他们也不会做什么出格的事情。

在还债的日子里，小汐过得很辛苦——她省吃俭用，每天都吃工作餐，几乎没买过像样的衣服，不出去玩。她也不敢交男朋友，怕对方嫌弃她的家境。

小汐明白，这些难熬的日子最终会过去，现在苦一点、穷一点没关系，只要还清父亲欠的外债，他就会回来与家人团聚，母亲也不会整日以泪洗面了。

是的，命运对她不够慷慨，几乎夺去了她的全部尊严。

本该是谈恋爱、四处旅行、憧憬美好生活的年纪，她却在绝境中饱尝着生存的苦。以前，她从来没有过缺钱的感觉，所以，对她来说，现在这种无力还债的滋味比刀子扎心还难受。

每当坚持不下去时，她就会想起毕淑敏说过的一句话："只有内心的坚定，才能把岁月留下的伤痕化作成长的书签。微笑，虽饱经创伤，仍动人心扉；美丽，虽历经磨难，仍毫发无损；慈祥，虽万般摧残，仍春风拂面。"

关于还债的痛苦经历，小汐从未觉得自卑。如今，时隔多年回想起往事，她依然庆幸，至少在那些难熬的日子里她坚持了下来。当命运为难她时，她并没有被打倒或者就此一蹶不振，而是采取了绝地反击。

安妮宝贝在《春宴》里写道："人在对苦痛和阴影有所承当有所体悟之后，才能真正理解其所映衬的那一道纯净自若的光。"

2

半年前，小姬跟朋友合伙做生意，两人因为收益不公，再加上性格不合，最后彻底闹僵了。朋友翻脸不认人，摆出一副无赖的架势，一毛钱也没退给小姬。就这样，她所有的积蓄全部打了水漂。

那段时间，小姬整夜整夜地失眠，一天哭好几次，甚至起过跳楼的念头。她的体重从 108 斤直接下降到了 86 斤，整个人跟以前相比，简直判若两人。

哥哥看不下去了，开导她说："你还年轻，钱没了可以再挣。但人要是有个三长两短，爸妈会疯的。"

听到这话，小姬愈发伤心了，她觉得自己很没用，不但没让父母过上富足的生活，还让他们为自己担心，连个安稳觉都睡不了。

哥哥还背着嫂子给她转了一些钱，安慰她说："你一定要好好的，千万别做傻事。"她慢慢地想明白了，什么东西都可以丢，唯独亲情不能丢，所以不能让亲人为她担惊受怕，要好好珍惜生命——就算身处绝境，即使命运折磨你、伤害你，也要好好地活下去。

后来，小姬调整好心态，到一线城市重新开始了自己的生活。她被一家公司录用，成为一名朝九晚五的上班族。虽然她不太喜欢这份工作，但它却能给她带来不错的生活。

因为能力突出，两年后她被提拔为部门主管，薪水又涨了不少。再后来，她认识了自己的恋人。不久，他们举行了婚礼，步入婚姻的殿堂。很快，女儿也出生了。

有一次睡觉前，看着已经熟睡的先生和女儿时，小姬眼角有湿润的东西流了出来——那是幸福的泪水，也是感动的泪水，更是爱的泪水。

对小姬来说，那些暗无天日的日子终会过去，繁星点点的夜空很快就会到来。有了那段经历之后，她开始明白活着不易，要珍惜现在拥有的一切。

是的，任何糟糕的狂风大浪最后都会变得风平浪静，生活也会一天比一天美好。

3

日本电影《百元之恋》里，32岁的"家里蹲"一子整天百无聊赖，无心帮助家人打理自家的料理店，生活在混吃等死的模式里。直到离了婚的妹妹带着孩子回到娘家与一子和父母一起居住，而有一次她跟妹妹闹僵后，她才搬出去一个人生活了。

因生活所迫，一子谋了一份超市收银员的工作。

这时，一子才发现自己的烦恼比之前还要多，可她无力改变现状。后来，她遇到了拳击手狩野，两个人走到了一起，可是他们之间没有爱情。

一子在极度压抑的情况下选择学习拳击，后来终于醒悟过来，通过成为拳击选手改变了自己的命运。

如果不是身处绝境，一子根本不会正视自己、直面人生，最后实现绝地反击。

　　所以，当命运不够慷慨时，抱怨没用，哭天喊地也没用，寻死觅活更是弱者的表现。只有拿出战胜命运的勇气，咬紧牙关，坚持下去，才会看到希望的火花一点一点地亮起来，冰冷的心才会再次温暖起来。

　　如若度过看不见光的岁月之后，就可以吹吹柔和的风，晒晒温暖的太阳，听听轻盈的歌，与家人围坐在一起聊些家常，这时你会发现，人生的画风一下子从黑暗切换到了光明，你的脸上闪烁着幸福——幸好你熬过来了，一切都值得。

他爱你，也爱你的梦想

1

　　杜拉斯在《情人》里写道："与你那时的面貌相比，我更爱你现在备受摧残的面容。"当一个男人爱你的时候，不但会爱你的灵魂，也会爱你的肉体，更会爱你带给他的那一份如沐春风的感觉。当然，一个男人在爱你的同时，应该还会爱你的梦想。

关于这个问题，我曾请教过一名男性朋友："当一个男人希望你有梦想，他是出于一种什么心态？"

"爱你是当然的，只有处在同一起跑线上，你们才能携手向前。距离远了，你就追不上他了，或者他也不愿等你了。"朋友如实答道。

"男人为什么会爱有梦想的女人？"我再次问朋友。

"这个问题很简单。最低级的说法就是，当一个女人有了自己的梦想，她就不会无理取闹、不会烦人，也不会每天像神经病一样查男人的电话。一有时间她就去忙自己的事了，不会再无中生有。"朋友用直男癌的思维告诉我。

听了朋友的观点，我愣坐在椅子上好久没回过神来。我的内心很是受伤，本来想搞懂一个问题，没想到从朋友嘴里说出来，这个问题却变成了天下女人都会犯的错误。

2

针对梦想这个问题，我跟远在澳大利亚的滟滟再次探讨了一番。果然，女性的思维比直男癌的思维有趣多了。

滟滟说："我要做自己的女王，不做男人的女佣。我要有自己的工作、梦想，既要经济独立，也要人格独立。否则，一个男人离开了我，我的世界就会陷入一片黑暗之中——没有经济来源，更没有那份誓死追逐梦想的决心。到最后我就会破罐子破摔，失去自我，整天怨天尤人，简直就是一个怨妇。"

作家李碧华说："人一穷，连最细致的感情都粗糙。"所以说，一个女人不能太穷，也不能没有梦想，更不能没有自尊。当一个女人拥有梦想，拥有自己的生活圈子时，才会有底气站在自己爱的男人面前，理直气壮地告诉他：我们的爱情势均力敌。

3

朋友小兰是一名专栏作家，闲暇时会写文章，或者捧一本书津津有味地读。老公上班后，她负责打理家庭，照顾孩子。

在老公的眼里，妻子是一名有追求的女性。虽然妻子靠写作所得的收入远不及自己，但是看着她在电脑前认真写文章的样子，他觉得那很美。他爱妻子，也爱她的梦想，并支持她去实现自我价值。

一个男人可能不希望你貌美如花，但一定希望你经济独立，拥有梦想，做自己喜欢的事情——并且凡事都有自己的见解，不是人生的奴隶，而是主宰者。

是的，他爱你，也会爱你的梦想。

当然，一个女人最幸运的事莫过于能遇到一个爱她的男人，而那个男人同时也爱她的梦想。即使经济条件差一点也没关系，有那样一个男人庇佑着她，支持她的梦想，已经是理想中的美好生活了。

我们要对自己足够好，才能一直优雅到老

1

在一次读书沙龙上，我再次遇到了章弥老师。之前在文艺沙龙上，他给大家讲解过爱情、婚姻、文学和生活态度。那时候，他也谈到自己对爱情的理解以及之前失败的感情经历等。

总之，那时候他单身，除了穿梭于大学校园，在讲台上奉献自己的青春之外，就是泡图书馆或者在自己的宿舍里读书、写教案。直到后来，朋友给他介绍了一个女孩。

当时，他准备到北京出差，白天要整理资料，没时间跟相亲对象见面，只能等到晚上两个人一起吃饭了。

在章弥出差期间，女孩没有给他发信息、打电话，而是专注于做自己的事。这要是换成别的姑娘，肯定不会如此有耐心和闲情逸致。

后来，他们终于见面了。章弥开门见山地问女孩："我没时间来找你，让你等了那么久，你一点也不生气吗？"

"你有重要的事要去做，这我清楚，所以我只能支配自己的时间，让它变得充实而有趣。"女孩说。

"这样你很委屈呢。"章弥替女孩感到难过起来。

"不，等待也是一件美好的事情。有些人在等待中怨声载道，而我享受这份感受，觉得在等待的多余时光里，可以优雅地做自己喜欢的事情。"女孩表达了自己的观点。

章弥彻底被女孩的独立和优雅迷住了，很快，两个人确定了恋爱关系。三个月后，他们举行了隆重的婚礼。

那位女孩活得很真实也很自由，无论是精神还是经济，她都很独立，从不需要从别人身上索取什么。喜欢什么，就自己去买；想到哪儿去旅行，背起背包说走就走；想看什么电影，就自己购票去看。

她把自己的人生安排得绘声绘色，主业和副业从不冲突。哪怕后来她与章弥走进了婚姻的围城，她也让这个小家庭变成了自己温馨的避风港。

这样的女孩无疑是优雅的，因此才会让挑剔的章弥动心，心甘情愿地给她美好的爱情、幸福的婚姻。

2

一个女孩优雅的第一步，不是穿时尚的裙子、高跟鞋，涂艳丽的口红，做漂亮的发型，而是精准地定位自己的人生并为之去努力。在这个过程中，一切困难都会迎刃而解。

随着自己身心的逐渐成熟，你会越来越自由。当你真正自由时，你就会活得自在、舒适，你才会真正地喜欢自己，变得自信、优雅，去做自己想做的事情，照顾自己想照顾的人。

可可·香奈儿说："美丽始于你决定做你自己的时候。"当一个女孩真正喜欢自己了，才会热爱生活，才能优雅地看待生命，优雅地对抗衰老。

我们可以从一个女人的言谈举止中看到她的教养和见识，而优雅的女人一定会让人赏心悦目，忍不住偷偷地多看几眼。

任何一个女人都敌不过似水流年，但是可以让自己活得真实而优雅，让自己看起来有更高级的性感——没有人

< 012 >

在 40 岁后依旧会显得年轻十足，但是你可以在任何年龄段内都魅力无限。

真正的优雅是，不管吃什么、穿什么、用什么、住什么房子、遇到什么事情、与什么人走进婚姻的殿堂，都会平和、喜乐地去对待一切，充满感恩且自由地活出真实的自己。

3

我的身边就有这样一位女性——珍姨。

珍姨今年 50 岁了，头发高高盘起，每天晚上都会去跳广场舞。她戴着白手套，穿着白球鞋，手套和球鞋洗得干干净净，没有一丝污垢。

珍姨有两个女儿，那时，生女儿没有给她脸上贴金，反而让她受了太多的屈辱。珍姨的老公出身农村，公婆封建思想浓厚，希望珍姨能生个胖小子，可是珍姨生了两个女儿，为此遭受了不少白眼。

现如今，两个女儿都考上了重点大学并被保送到国外留学了，家里只剩下珍姨和老伴。老伴已经退休了，经常在小区门口下棋。珍姨年轻的时候努力打拼并挣了一笔钱，在繁华地段买了两间铺面。一间租了做美容店，一间租了做服装店，每到年底都会收到一笔数目不小的租金。

无论冬天多么寒风刺骨，珍姨都会坚持到楼下去跑步。无论一天下来多么累，她都会冲澡，换一身干净的丝质睡衣再去睡觉。无论多么忙，她都会系上围裙给老伴做一顿暖心餐。

珍姨的优雅是出了名的，但她的优雅并不体现在穿衣打扮上，而是流露在举手投足之间——她的优雅源于自己对生活的理解、对命运的感恩。作为一名普通女性，她的自律和勇敢都让人为之动容。

4

珍姨最喜欢赫本，觉得她是世界上最优雅的女子。

赫本 25 岁时就获得了奥斯卡最佳女主角奖，是银幕上的"窈窕淑女"。她是联合国儿童基金会亲善大使，在花甲之年还在为非洲的慈善事业奔走，她奉献了自己的爱心，用自己的力量改变着他人的命运，给他人带去了一束明亮的光芒。

赫本一生美丽优雅，被影迷誉为"落入凡间的天使"。虽然珍姨无法成为赫本，但她一直在努力做那个令自己喜欢的女子。

网上流传着这样一段话："女人就是要富养自己，你身上所有的焦虑和戾气都是亏待出来的。不想被世俗浸透，那就从现在开始——爱上自己。我们要对自己足够好，才能一直优雅到老。"

优雅地变老，并不是整天光喊口号：

"你最优雅！"

"你最棒！自信的女人最美丽！"

"女人不是因为美丽而可爱，而是因为可爱而美丽！"

一个真正优雅的女人，经济独立能养活自己，拥有自由的境界，时时保持微笑并充满爱心，能在俗世里学会宽容和慈悲。不管遇到什么事情，始终有对应的策略——不管下雨还是刮风、失恋还是失业、遇到小人挡道还是贵人相帮，都要有一个平和的心态，这样才能一直优雅到老。

这个世界在温柔地善待你

1

前段时间，亲戚帮小媚安排了一次相亲。那一次，他们吃的是火锅，那个男人全程在温柔地替小媚夹菜。她一下子就被男人的绅士风度迷住了，在心里暗暗告诫自己，眼前的这个男人正是自己要找的爱人。

这一顿火锅吃下来，小媚像个女侦探一样把男人各方面的情况问了个一清二楚。接下来，小媚一心想着与他交往，再顺顺利利地嫁给他，成为他的妻子。

可以说，小媚心里的喜悦难以言表，她觉得自己跟那个男人肯定有戏。因为，他还暖心地送她回家，替她掏了打车费。

"真是个体贴的男人！"小媚的心里十分暖和。

后来的事情却变成了这样：小媚对那个男人的喜欢越来越深，而人家压根儿对她不来电，经常不回她的微信，也不接她的电话。

可小媚是个一根筋的姑娘，别人的劝说对她来说不会起到任何作用，只要是她中意的男人，无论如何都要有个结果。小媚这样安慰自己："他不喜欢我没关系，只要能当个备胎也可以。"事实证明，小媚连当备胎的资格都没有，那个男人甚至还对她生出了几分厌恶之意。

小媚最后一次给那个男人打电话，他允诺要请她吃饭，可是她傻傻地等了几天都没有等到任何消息。直到小媚打通那个男人的电话，电话的另一头却传来一个女人的声音，自称是那个男人的女朋友。不见棺材不掉泪的小媚这回彻底醒悟了——她爱错了人，对方压根儿对她没有一点感觉，她是赶鸭子上架。

不管怎样，生活还得继续。之后，小媚又开始了"广撒网"式的相亲，这次她只想寻得一个好男人，好治愈自己受伤的心。阿然就是在这个时候走进了小媚的世界里，他对她情真意切，无限温柔和包容。

阿然一直在为事业奋斗，错过了谈恋爱的最佳年纪，这不，他都37岁了还是单身。阿然表示，他愿意娶小媚，愿意与她白头偕老。

阿然的一连串"愿意"让小媚动了心，反正她已经对爱情没有任何感觉了，眼前的这个男人真心实意地对自己好，为什么不给他一个机会呢？

很快，他们在一起了。接着，小媚顺利嫁给了阿然。两年后，他们的儿子也顺利出生了。

如今，回头再看之前的那段单恋经历，小媚百感交集。原来，有些感情只是一段经历而已，可以不问结果，也无须伤感——就像勒·克莱齐奥在《燃烧的心》里写的一样："人间的事往往如此，当时提起痛不欲生，几年之后，也不过是一场回忆而已。"

任何事情都有因果，经历过了才会明白自己真正想要的是什么。

小媚本以为自己是被世界遗弃的小丑，爹不疼娘不爱的，事实上，她是被上帝眷顾的那个女子。在她伤心欲绝时，一个合适的人出现在她的面前，愿意给她想要的一切并包容了她所有的缺点，把照顾她当成人生的一项重要课题，风雨无阻，一路庇佑她走了下去。

小媚终于放下过往，她知道自己要坚强，要好好珍惜现在的生活，要努力活出自己想要的模样，因为这个世界一直在温柔地爱着自己。

2

橙子最近被气疯了，她觉得新上任的领导简直就是变态，因为总会变着法子折磨她，她很想写一封辞职信甩在领导的脸上。

"这活儿姑奶奶不干了，爱谁谁！"橙子把台词都想好了，但在铺开的纸上写下这行字之后，她又把纸撕了个粉碎。

橙子刚按揭了一套复式楼，她每个月要还九千多元的房贷，如果冲动辞职，工资一断，房贷都无法按时还。想到这里，橙子压力倍增，左思右想之下，她只好选择妥协，继续去忍受变态领导的气。

就在橙子快支撑不下去时，好消息传来了：变态领导被调离到别的岗位，新上任的领导是橙子刚进公司时的部门主管。

橙子对这位老领导满怀感激，如果当初没有他，就没有她的今天。

橙子刚进公司时连文案都不会写，老领导就手把手地教她写。橙子不喜欢跟他人打交道，老领导语重心长地说："你要跟外界时刻保持联系，这样才能掌握一些沟通技巧。"经过老领导的谆谆教导，橙子秒变成交际高手。

就这样，橙子一年内拿到了两张荣誉证书，一张是先进个人奖，另一张是最具潜力新人奖。当然，橙子两次得奖离不开老领导的教诲和帮助，老领导就是她生命中的贵人。就像印度电影《神秘巨星》里，过气的音乐导演夏克提·库马尔是14岁女孩尹希娅的贵人一样，如果夏克提·库马尔没有向尹希娅抛出橄榄枝，也许尹希娅永远是个"蒙面唱将"，也不会实现自己的音乐梦想，成为备受印度观众瞩目的歌手。

直到现在，一想起被变态领导欺负的日子，橙子还会来气。她本以为自己一直要过着那种暗无天日的日子，谁知幸运还是降临到了自己的身上。

后来，橙子也想明白了一件事，那就是你曾经遭遇过的暗淡都会以另一种灿烂的方式光顾你。也许现在你正处在低谷，但若干年以后，眼下的这段经历会成为你厚积薄发的无形力量。

当橙子被变态领导欺负得不成样子时，剧情发生反转，她又遇到了自己生命中的贵人。这时，一切都发生了改变，橙子调换了上班时间，之前申请未通过的福利也被批准了。

其实，这个世界在温柔地对待你，比如悄悄地爱着你、关照着你。

3

西欢怀孕七个月了，做什么事都有诸多不便。

半年前，她刚跟老公离婚，原因是婆婆总挑她的毛病，导致小两口无法正常过日子。令西欢没想到的是，离婚后一个星期，她发现自己怀了前夫的孩子。

得知自己怀孕后，西欢想到的第一件事就是这个孩子坚决不能要。当她交了手术费，躺在手术台上，瞬间泪如雨下。那一刻，她做了逃兵。

妈妈知道后，责备了西欢，告诉她做单亲妈妈实在太难了，但她顾不了那么多。

怀孕七个月时，西欢一唱歌，宝宝就在她的肚子里"手舞足蹈"。每当她感受到宝宝的胎动时，她就得到一股莫名的力量，而这股力量总是支撑着她，让她有勇气去做一个单亲妈妈。

有一回，西欢下班后去坐公交车，车上的乘客非常多，她怕挤到孩子，一直站在车门处。司机看见西欢挺着大肚子，怕乘客挤到她，便没有开前门，一直在开后门。不料，有个乘客发怒了："你为什么不开前门？我要投诉你！"

"尽管投诉吧，此时没有什么比母子平安更重要了。"司机的这一句话说得斩钉截铁。

西欢流下了感动的泪水，一个劲地向司机道谢。也正因为司机的这一句话，乘客们才注意到了西欢，有一位老大爷主动给她让座。而那位嚷着要投诉司机的乘客也表示了体谅，还向司机道了歉。

后来，婆婆偶然得知西欢怀孕的事情，马不停蹄地来探望她，并向她承认了错误。婆婆还向西欢写下承诺书，如果她跟前夫复合，自己再也不会干涉他们小两口的生活了。

前夫知道西欢离婚后没把孩子打掉，对她很是感激。前夫要跟西欢复婚，可西欢心里多少有点疙瘩，犹豫着要不要答应他。谁知前夫已经买好了大房子并布置好了婴儿房，连西欢坐月子时照顾她的月嫂都请好了。

婆婆怕又惹西欢不高兴，把银行卡交给了儿子，让他给西欢和孩子买最好的母婴用品。孩子出生后，前夫请了一个月的假，亲力亲为地照顾孩子和西欢。一个月之后，前夫去上班了，西欢和孩子则由月嫂照料。

后来，西欢和前夫复婚了。其实，他们之间本来没什么，只是婆婆手伸得长，导致他们的婚姻出了状况。如果西欢脑子发热，狠下心打掉孩子，那么，她将会失去做母亲的资格，更不会治愈她的伤痛。当然，她也不会跟前夫复合，婆婆也不会低头认错。

原来，冥冥之中一切都有安排。

4

这个世界一直都在悄悄爱着你，你无助时，它张开怀抱拥抱你；你流泪时，它拿纸巾替你擦眼泪；你走投无路时，它给你指明出路，让你毫无顾虑地向前奔去。

也许现在你正处在人生的低谷，甚至困在绝境中无法突围，但请你不要害怕，因为生活对努力的人从来都会温柔以待。

只要你勇敢做自己，上帝都会帮你

1

保罗·戈埃罗在《牧羊少年奇幻之旅》中写道："没有一颗心会因为追求梦想而受伤，当你真心渴望某样东西时，整个宇宙都会来帮忙。"

读完这本小说后，我的心情久久难以平静，仿佛这些年我错过了很多美好的东西，有一种白来到这个世上的错觉。究其原因，就是因为我不够勇敢——喜欢的事物不去追求，一旦遇到挫折就想要放弃。

2

朋友枝子的职业是时尚单品顾问，她也是 SKY 代言人。

之前，枝子做过很多份工作，从幼教、酒店服务员、咖啡师到家政服务，还有一段时间，她整日待在家里当"家里蹲公主"。后来，她明白像这样得过且过地混日子是不行的，那简直就是对自己人生的一种敷衍，一种残酷虐待。

"如果自己连温饱问题都解决不了，哪个男人会愿意娶自己？"敲警钟的话时时像刺一样扎着她，让她变得越来越清醒。

身边的姑娘个个都是高学历、高能力、高收入，而枝子唯一的闪光点就是会打扮。机缘巧合，她写的一篇美妆稿子被一位时尚界的大咖看到了，大咖找到她，请她做时尚单品顾问，她不假思索地答应了。

枝子想要的生活便是如此。因此，她感恩这位大咖，称他是自己的伯乐。

枝子摇身一变，变成美妆达人，拥有了限量版的口红、拉风的眼镜，得到了各品牌赞助商的试用礼品。自此，她再也不用掏钱买时尚单品了，还会把一些时尚单品转手送给朋友，把好东西推荐给大家使用。

很多人觉得枝子的这份职业虽说自由，但也不靠谱，所以都劝她找一份稳定的工作，再找个男人安稳地过日子。

但对枝子来说，那种安稳的状态是一种约束。是的，她最不喜欢不自由、没尊严，每天重复去做一件事情的生活。后来，她盘了一家二手店，如今也渐渐赢利起来了。此外，她撰写的美妆稿件还是很受欢迎。

3

当年写下"世界那么大，我想去看看"的那位女老师辞职后，与先生开了一家客栈。随后，他们的女儿出生了。他们在旺季时经营客栈，淡季时便带着女儿四处去旅行。他们勇敢地做着自己，把日子过成了诗。

一年未见朋友佳澜，再见时，感觉她整个人脱胎换骨了。这些年，她一个人带着女儿生活，其中的艰辛只有她自己懂得。为了培养女儿，她果断地把女儿送去新西兰读书，而为了支付女儿昂贵的学费，她则在努力挣钱。

现在，每天除了工作之外，佳澜几乎把所有的时间都花在充满诗意的生活上了——坚持跑步，练习瑜伽，修行心灵。她痴迷健身，希望有个健康的体魄陪自己到老。

其实，只要勇敢做自己，全世界都会为你让路，给予你自信和美好，让你变得更加成熟。而我们来到这个世上，只有认真地生活，勇敢地做自己，才不会辜负大好年华。

如果你做一件事情没有成功，终究是勇气不足而已。很多人守着安稳度日，不会去做冒险之事，甚至做一件稍微难点的事，他们就会摇头叹气，因为他们没有勇气承担这件事失败之后会带来什么样的痛苦。

4

在我们的潜意识里，能安稳地度过一日便是一日，不管这一日过得开心与否，反正平静地过了一日便是幸运。于是，就在这种所谓的安稳中，我们蹉跎着大好年华。

如果一件衣服是自己喜欢的款式、质地、颜色，为什么就不能拥有它呢？同样的道理，如果一种生活模式是自己喜欢且向往的，为什么不能渐渐地去实现呢？还有，你为什么不能勇敢一点，去努力实现自己的梦想呢？

这便是人的思维，前怕狼后怕虎，不够果断，不够勇敢，不够坚强。

其实，人只有在钻研自己喜欢的事情时才会涌现出惊人的创造力，才会去废寝忘食地工作，才会去毫不动摇地坚持。同时，人也只有在自己喜欢的事情上才会不怕付出，不计得失，坚持到最后。

只要你勇敢做自己，全世界都会来帮你。这是因为，点亮人生希望的不是月亮，也不是星星，更不是书桌前的一盏台灯，而是藏在心间的希望。

平凡人生中最灿烂的风景，便是勇敢做自己，不畏惧，不退缩，一路前行。

世界不欠你什么，而是你还没还清生活的账

1

繁华世界里，你只不过是一叶浮萍，随着风雨飘摇。

你在无能为力时选择了妥协，低下了高贵的头颅；一旦遇到致命的打击，你便再也看不到希望，自暴自弃了，整个人看上去没有一点精气神。什么信仰、什么梦想，统统抛在脑后，仿佛这些美好的东西抛弃了你，与你仅有的一点缘分也消失殆尽。

你觉得命运不公，你觉得自己的人生正处在黑暗里，看不到一点光明。你觉得世界像个可恶的土匪，在路上把你所有美好的东西一一掠夺了。

你开始怨天尤人，却没有看清事情的本质——这个世界还是美好的，它不欠你什么，而是你还没还清生活的账。

你来到这个世上，父母任劳任怨地养育着你，他们尽最大的能力给予你最好的生活，不让你挨饿挨冻，受哪怕一点罪。你在他们的呵护下慢慢地长大成人——在这个世

上，如果你欠谁的最多，那一定是至爱你的双亲。

言归正传，你只有拥有丰富的内心，才能驱散笼罩在自己身边的阴影，抬头看到明月当空。

2

六年前，向南辞掉了年薪 15 万元的工作开始创业。等到公司扩大后，他的人生仿佛开挂了一样——穿华美的服装，吃山珍海味，节假日去澳洲的小岛晒日光浴，身体和灵魂都得到了滋养。

向南的这种生活羡煞了旁人，他也因此成了业界的传奇。可是，前一阵子忽然听闻向南的公司因为投资新项目失败而倒闭，员工也树倒猢狲散地离去了，而他自己成了一名失业游民。然而，失业并不可怕，可怕的是他还要还高额贷款。

刚开始，向南觉得自己的人生步入了新的轨道，正是意气风发时，但连他都没有料想到，短短几年后自己竟然会面临如此大的困难。在绝境里，他看不到希望之光，感觉自己快要窒息，快要被生活撕裂了。

本来，他的生活充满了希望，处处是鲜花和掌声。可是，大祸猝不及防地降临到了他的头上，让他束手无策，不知如何面对。

在人生的不如意面前，向南的负面情绪越积越多，有时他的脑海里会窜出极端的想法，比如站在窗户前一跃而下，一了百了，以此来逃避这场灾难。

在情绪失控的情况下，他吃了大量安眠药。可老天并没有收走他，幸亏朋友及时把他送往了医院，他活下来了。

住院期间，他认识了一名重症病人的家属。

那名家属是一名妻子，有一天，她的先生突发高烧达到41℃，去医院检查，初步诊断为肝硬化失代偿期。后来，她先生的病情越发严重，危及了生命，住进了重症监护室。面对昂贵的医疗费用，妻子变卖房产，四处借债，导致倾家荡产。到最后，她只能通过募捐平台发起筹款。后来，她的先生进行了肝脏移植手术。

向南觉得，她比自己还可怜。也因同病相怜，他们彼此留下了电话号码。

这让向南深受启发，他振作了起来，重新找了一份工作。现在，他比之前更加努力，更加负责，他感恩上司的赏识及照顾，也感恩命运。他突然明白，一个人头戴多大的光环，就要承受多大的磨难。如同《继承者们》里的那句经典台词："欲戴王冠，必承其重。"

经历过大起大落、大风大浪之后，向南清楚地认识到：

世界从不欠他什么。

3

能过上简单的生活，所有的繁华对自己都构不成威胁，而自己再也不会上未知世界的当。这便是最真实、最稳定的，也是最好的生活。

所谓的美好人生，原来就是要接受自己的不完美。坦然面对生活，理解并融入生活，用心去生活，你的每一天都将是崭新的。

愿我们都能够宽容地理解这个世界的复杂和无情，然后彻底告别稚嫩的自己——只有熬过了那些难熬的时光，我们才会得以成长，格局也会变得越来越大。在与生活握手言和的过程中，你也会渐渐明白，只有经历过，才会懂得适可而止。

所以，你所欠生活的账，只能自己来偿还。每偿还一点，你的心情就会舒坦一点。

在这个过程中，你会明白：你只不过是生活的千万大军中的一员，因为每个人都经历过不幸，也都被生活狠狠地刁难过。而你所受的苦与累，根本不算什么，那只是给你无色无味的生活加了一把佐料而已。

没有公主命，那就有颗女皇的心

1

很多人也许会说，女孩子做好公主就可以了，没必要去做女皇。可是，现实中并不是每个女孩都会有公主命——拧不开瓶盖，并不会有人帮你来拧；失业了，得自己重新去找工作，没人会帮你付房租；失恋了，也得靠自己重新振作起来。

网上流行这么一句话：一个女人干吗那么重视工作？

但我觉得，自己努力工作为的是：当我站在爱人的身边，不管他富甲一方还是一无所有，我都可以张开双臂坦然地拥抱他。他富有，我不觉得自己高攀；他贫穷，我也不至于失魂落魄。

这就是女人努力的意义。

2

　　没有公主命，那就必须有颗女皇的心。只有自己有了女皇的心，才不致落到悲悲切切的地步。

　　生活往往是无奈的，尤其是结了婚的女人，每天都会在"老公孩子、早中晚饭、鱼尾纹"中度过。只有自己足够强大，你才会一路高歌。如果你每天混吃等死，不积极进取，很快就会陷入婚姻的泥潭，偏离方向，失去自我，以致被枕边人和孩子嫌弃。

　　婚后的女人即使有公主命，生活也会要求你有颗女皇的心。跟对方并肩作战、患难与共也好，吃香喝辣也好，你总得要动一动——动动你僵硬的腿脚，张张你紧闭的嘴，丰富自己的心灵，进化自己的思想。

　　电视剧《我的前半生》里，罗子君就是从公主嬗变成了女王，她经历了婚姻的泥沼，但她选择了勇敢地去面对——她清醒也坚强，是很多女人的榜样。

　　罗子君的饰演者马伊琍曾在访谈中说："女性在任何时候都要独立。无论在婚姻、事业或者友情中，人都要做一个独立的自我，依附别人活下去，会给别人造成负担，自己也会有压力。不管在怎样的一个状态里，人都应该是独立的。"

如果一个女人没有颜值、没有背景、没有实力，却坚定地认为自己有公主命，整天沉浸在美梦中不愿醒来，最终的结局就是竹篮子打水一场空。

就是这样，有的女人自以为跟紫霞仙子一样，会碰到一个不平凡的至尊宝——他会在万众瞩目的情况下出现，身披金甲圣衣、脚踏七彩祥云来娶她。这简直就是痴人说梦！

有的女人明明可以靠颜值生活，却偏偏要拼能力、拼才华，有的女人明明有公主命，却一直在锻炼着做女皇。她们最终守得云开见月明，拥有了自己想要的一切，过上了自己想要的生活，找到了自己的人生价值，实现了自己的梦想。

3

小念家境不好，上大学的时候穿着朴素，没有男人缘。她似乎自带绝缘体，不与男生来往，而当时同宿舍的姑娘们早都有了男朋友。

一到周末，舍友们就挽着男朋友的胳膊去看电影、吃大餐，肆意地享受着青春岁月。学霸小念却独来独往，一个人泡图书馆，吃的是食堂里最普通的饭菜，每天晚上还会跑到教室去学习。

有一天，舍友们想捉弄一下小念，就让小花男朋友的哥们儿去追小念，到手后再抛弃她。她们想看看小念有什么反应，会不会伤心难过，会不会哭得死去活来。说白了，她们也是好奇，想看着小念出丑。

然而，小念并没有上当，对于那名男生写给自己的肉麻情书，她也只是淡淡地看了一眼，然后丢进了垃圾桶。如果对方约自己去吃饭，她就随便找个理由拒绝。总之，不管那名男生说他多喜欢自己，表达得多么坦诚，她都只是一笑而过。

小念全当这是人生中的一段小插曲，并没有当真。但是，舍友们的恶作剧落空后，那名男生反而在不断的接触中慢慢地爱上了小念。这本身就显得很滑稽。

小念每年都能拿到全额奖学金，后来又去国外念研究生了。而那名男生无法割舍对小念的感情，也开始奋发图强，努力学习，最后追随小念去了国外。随后，剧情开始反转，向着好的方向发展了。

小念研究生毕业后，跟那名男生举行了婚礼。婚后的小念事业有成，日子过得无比滋润，而随着小宝贝的出生，她的家庭生活也越来越幸福美满了。

4

对于目前的自己来说，你暂时实力还不够，但那并不代表你永远会是这样，因为你总有咸鱼翻身的一刻。到那时，祝贺自己吧，是自己那颗女皇的心让你获得了自信、笃定、美好、丰盈。

没有公主命，那就有颗女皇的心。

愿你被这世界温柔以待，即使生命总以刻薄相欺

1

曾经有一段时间，好友小春整天沉默寡言，满腹牢骚不知向谁诉说，只能压抑着心中怒火，继续选择隐忍。原来，上周她因为停电没有按时完成工作，被部门领导老吴骂了个狗血喷头。

老吴很自恋，他自以为应该被别人捧得高高在上。每当小春在工作上出了哪怕一点小差错，他总会狠狠地把小

春教训一通。

有一次，小春又挨了老吴的骂，她忍无可忍，最终把老吴骂她的话截屏后发到了朋友圈。其实，她只想警告老吴一下：你若再变本加厉地欺负人，甚至没事找事，老娘会发火的！

后来，又因为工作的事情，老吴把小春劈头盖脸地骂了一顿。其实，这次小春并没有犯什么错，当时她就火冒三丈，跟老吴大吵了一架。然后，小春还直接找到大领导那里，把老吴骂人、在背后说人坏话的事情全部抖了出来。

大领导找老吴谈了一次话，老吴就收敛多了，再也没骂过小春。

人善被人欺，马善被人骑。对小春来说，她没必要隐忍，因为长此以往，老吴对自己的折磨会没完没了。

其实，小春素来光明磊落，这次她实在是被逼到悬崖边上了才不得已想到要保全自己的。她还没有到那种告黑状的地步，再说了，那也是她所鄙视的可耻行为。

后来，小春自知在这家公司待不下去了，便写了一封辞职信交给大领导。结果，大领导不批准她的辞职申请，说还是挺看好她的。但她辞职心已定，软磨硬泡之下还是辞职了。再后来，小春来到一家新单位上班。由于能力出众，很快她就被提拔为经营部的主管了。

< 036 >

一年后，在一次行业内的大型会议上，小春上台讲话时，发现曾经用恶言恶语骂过自己、折磨过自己的老吴也坐在台下，原来他是来跟她的公司谈合作。

小春与其他公司都谈了合作，唯独压根儿没理睬老吴，可以说扬眉吐气了一把。小春临走之际，老吴屁颠屁颠地跑来向她赔礼道歉，样子显得极为滑稽。但小春微微一笑，扬长而去，还是没有理他。

老吴站在原地，悔不当初。

2

人在江湖飘，哪能不挨刀？

是啊，人生中的有些麻烦事是躲不掉的，所以只能继续往前走。犹记得年少时读王朔的小说《一半是海水，一半是火焰》，里面有一句话让我印象深刻："想开点，现在刻骨铭心的惨痛，过个几十年再回头看看，你就会觉得无足轻重。"

生活在俗世里，你总会遇到各种麻烦的人和事，比如某件事会令你扎心，某个人会令你感到恶心，但除了应对，你别无他法。那么，就让扎心的事快点过去吧，让恶心的人快点在你的面前消失吧。

经历过世态炎凉、人情冷暖，你便会知道，路是靠自己走出来的，任何旁人都代替不了你。他们也许会对你施以援手，也许会对你冷嘲热讽，但你要学会淡然地接受一切，无论赞美还是诋毁。

即使生命总以荒芜相欺，硬着头皮走下去，你会发现，彩虹正挂满天际，岁月正张开怀抱等着你。

愿你被这世界温柔以待，在人生路上成就不同凡响的自己。

这世界正在偷偷奖励努力的你

1

电视剧《那年花开月正圆》里，周莹嫁入吴家后，不料吴家家道中落，连她深爱的男人吴聘也离她而去，从此阴阳两隔。吴聘死后，周莹终身未嫁，更出人意料的是，她一个弱女子不但撑起了吴家败落的家业，还带领吴家达到了事业的巅峰。

在周莹开挂了的人生里不难发现，她一直在用自己的双手和智慧创造着财富，用自己的毅力渡过了各种难关——当不幸和磨难向她砸来，她非但没有畏惧，反而显得更加坚定、勇敢。

2

我身边有很多姑娘都过得不错，她们的生活有滋有味，而她们个个也都很努力，小碧就是其中之一。

小碧结婚早，年纪轻轻就进入到了母亲的角色中。她有两个孩子，为了能更好地与孩子沟通，她果断地学习了儿童心理学。另外，为了培养兴趣爱好，她学习了茶道，闲来没事时便坐在茶桌前喝茶读书。

小碧的先生常年在外，两个孩子的教育问题俨然落到了她一个人身上。

她长期上夜班，回到家往往都是凌晨了。早上起来，她要变着花样给孩子做早餐，等吃完早餐，就送孩子去上学。中午、下午同样要去接送孩子，午餐、晚餐同样要做。晚餐后，她还要辅导孩子做作业。之后，她收拾一番，就赶回单位工作了。

这就是她每天的生活，她一直乐在其中。

在小碧的教导下，两个孩子变得礼貌有加，阅读能力超强。女儿每天都会按时弹钢琴，儿子每天都会按时画画。而她自己身上的优势也逐渐显现了出来，回报给她更多美好的气质。

有一天，小碧带着女儿在早餐店吃早餐时，碰上了跟女儿同班的男同学，两个孩子就在大人的眼皮子底下你一句我一句地聊起了天。

"你妈妈上班吗？"男同学问。

"上呀，我妈妈是电台的编辑。"女儿说。

"我妈妈不上班，每天就知道唠叨个没完，而且总是伸手向我爸爸要钱。"男同学抱怨道。

"我妈妈可不一样，她自己挣钱给我和弟弟买好东西。"女儿继续说道。

"我妈妈整天光知道吃饭、睡觉，像家里养的宠物一样。她从来不给我买好东西，也不愿陪我写作业。"男同学表现出一脸的嫌弃。

眼看两个孩子越说越离谱，小碧有点不好意思了，她瞪了女儿一眼，女儿立刻领会了她的意思，埋头吃起饭来。

从两个孩子的对话中，小碧感触颇深。原来，母亲给孩子足够的爱是远远不够的，还要给他树立榜样，让他尊重你，以你为傲——你所有的努力付出，他都看在眼里，并会从中深受启发。这才是一位母亲的成功。

3

这个世界很残酷，尤其对女人而言——仿佛社会处处鄙视你，命运也时时为难你，让你不是缺钱就是缺爱。

年幼时，你是父母的小公主。一旦走入社会，你就要变成凡事都要靠自己的女侠。等结了婚，有了孩子，你的身份再次发生转换，成了女超人。

著名作家张小娴说："当你强大了，你才会遇到比你强大的；当你变好了，你才配得起更好的。"当你足够努力、足够强大时，你的生活才会越来越好。而在打拼的过程中，你也会渐渐明白努力的意义、强大的价值。

命运是一盏灯，需要自己去点亮。把命运掌握在自己的手里，总比被别人控制了的好。说白了，除了父母，没有人有权利和义务来照顾你的生活，你与配偶的关系也不过是搭伙过日子。

我一直难忘的一件事是，在一个深夜，大瑶给我打来电话，说她为了爱情牺牲了自己。

曾经，这个在大家眼中显得无比美好的女子，毅然辞掉了自己的高薪工作，结束双城生活，奔赴了男友的城市。在与男友闪婚之后，她就做起了家庭主妇。谁料后来老公出轨了，他们又闪离了。

等她重新回到原点，才发现自己好像已经与社会脱节了，身无分文又没脸求助父母的她，只好向我们这些好友求救。她在电话里一个劲儿地哭着，我也替她感到难过。

不过，好在她重新拾起勇气，又找了一份不错的工作，并很快步入了正轨。就这样，她再次拯救了自己，也过上了自己渴望的生活。她说，再次去努力后发现，原来自己头顶的阳光是那么灿烂。她这才觉得，安全感从来不是别人给自己的，而是自己给自己的。

是的，只有经济独立、精神独立，你才会成为一个真正意义上的富足的人。

年轻时读雨果的小说《悲惨世界》，对里面的一句话不太懂，现如今可以理解得透彻了："人，有了物质才能生存；人，有了理想才谈得上生活。脚步不能到达的地方，眼光可以到达；眼光不能到达的地方，精神可以飞到。"

4

这世界正在偷偷奖励努力挣钱养活自己的女人，例如小碧，她没有想到努力的自己在孩子眼里是那么优秀；再如在深夜打电话求助好友的大瑶，经历过婚姻的突变之后，她方才懂得努力的自己最幸福。

很多人也许会说，女人干吗要那么拼，让男人养着就行了。殊不知，没有一个男人愿意成为一个不努力的女人的长期饭票。再说了，不劳而获的东西总是不会长久的。

努力吧，姑娘，当你夜以继日地向前奔赴时，世界正在偷偷地奖励你。这奖励也许是亲情、爱情、友情，也许是金钱等其他物质，但无论是哪一种，那都是你的财富，都是对自我价值的肯定。

第 二 章

所有命运馈赠的礼物，都暗中标着价格

你给我爱情就好，面包和牛奶我自己买

姑娘，余生请对自己好一点

所有命运馈赠的礼物，都暗中标着价格

所有美丽闻起来都有金钱和汗水的味道

人生的低谷就是你逆袭的开始

亲，别人的看法一点都不重要

如果你连自己都不爱，那谁还会来爱你

没有不请自来的幸运，只有有备而来的惊艳

别把自己贬低到尘埃里，你没有那么廉价

生活不会因为你是女孩就会让着你

所有历经的喜与悲，终化为今日的懂得

你给我爱情就好，面包和牛奶我自己买

1

电影《黄金时代》里有一句台词特别给力："人一生选择的事情非常少，没法儿选择怎么生，也没法儿选择怎么死，我们唯一能选择的两件事，第一是我们这一生怎么爱，第二是我们这一生怎么活。"

关于"怎么爱"，就如朱生豪写给宋清如的情书一样："醒来觉得甚是爱你。"或如钱钟书对杨绛所说的一样："见她之前，未想结婚；娶她之后，从未后悔。"

而关于"怎么活"，却与他人无关，那是你自己的事情。无论是与自己一路死磕，还是与自己握手言和，这都是自己要决定的事情——一个人精神上的得体，始终还是要靠自己来成全。

电视剧《人间至味是清欢》里，林月对老公说："丁人间，我过够了带着你爸和丁满意挤在狭小的房间里，用漏水的沐浴洗澡。甚至，没脸带着同事到家里来聚会。"

剧中的林月自觉很委屈，因为老公没钱，公公又舍不得拿出自己的 30 万元存款，所以她想换大房子的想法迟迟没有实现，最后只能成为幻想。

2

无论你是单身或者已婚，你都要有足够的能力养活自己。就算你已婚了，而你的配偶如果出轨的话，或者生活糟糕到折磨得你生不如死的话，没关系，只要你有能力、有勇气，你就有重新选择的机会。

在封建时代道德规范的束缚之下，人们认为"女子无才便是德"，她们只需顺从丈夫就行。那时，女子没有地位，每天的生活就是相夫教子、料理家务，一辈子得不到自由。等到多年的媳妇熬成婆，这时，曾经明媚动人的少女就变成了老太婆，但至少也算有了一点管教儿媳妇的权力。

如今的文明社会，女人早就可以主导自己的命运了，即使没有男人照顾，她们一样能过得知足、开心。

都说这个社会不需要女人太强悍，可是生活会逼着女人走上一条自强之路。如果一个女人没有能力养活自己，那么她的日子将会过得很不堪，并且会离原来的生活圈子越来越远。也许，世上没有什么比失去自由更会让人痛苦。

假如你是一个年轻人，与你交好的人，无论年龄还是经济条件都在一个水平上，大家基本保持着平衡。可是，当你连养活自己的能力都没有时，很抱歉，很快你就会被朋友淘汰掉。

打个比方，周末你可以约上闺密去吃饭、看电影，彼此倒倒苦水。假如这次是对方请客，那么下次你是不是得表示一下了呢？可是，如果你没有经济能力，这对你来说就不好办了。所以，久而久之，闺密便会远离你。

这与其说是对方放弃了你，不如说是你放弃了自己。

3

前不久，朋友小芒告诉大家，她要结婚了。

小芒条件不错，年薪过10万元，在她那个小城市里算是白领，这让大家羡慕不已。可是，小芒嫁的男人每个月只拿着5000元不到的工资，这又让大家觉得她脑子进水了，私下里都说她的男人简直就是癞蛤蟆吃到了天鹅肉。

面对大家的不解，小芒理直气壮地做出了回应："我只要他给我爱情就好，面包和牛奶我可以自己买。"

听了当事人这么霸气的话语，大伙儿纷纷被打脸，自然都乖乖地闭上了嘴。

后来，在小芒的婚礼现场，大家都注意到，她的老公确实对她体贴入微，暖心到会替她穿鞋，给她整理裙摆。她则像个被宠坏了的公主，笑意盈盈，一脸的幸福。

这让我想到了另一个嫁入豪门的朋友小双。同样是女子，小双的爱情观与小芒完全不同——小双只要面包和牛奶，即使没有爱情也可以。于是，她嫁给了一个富二代，做着让人羡慕的少奶奶。可是，没有能力、像寄生虫一样的她，只能成为受气的媳妇。

对小双来说，没有爱情的婚姻最终还是让她崩溃了。当初，她就是看上了对方的条件好，谁知道那男人并不靠谱，整天在外面花天酒地，丝毫不顾及她的感受。

小双流着泪跟我们诉说着自己的委屈和悔意，可是她没有勇气选择离开，因为成本太高，她背负不起。她已经与社会脱节了，离开那个家她将无处可去，所以只能容忍丈夫在外面乱来。她也没有心境跟丈夫计较那么多，只要他能负责她的一日三餐，她还能有个住处，看着孩子一天天长大，她便听天由命了。

小芒和小双的选择，旁人都无权评头论足。因为，当事人自然清楚自己的选择，无论是选择爱情的小芒，还是选择面包和牛奶的小双，只能如人饮水，冷暖自知。

< 048 >

4

我有手有脚，身体健康，有能力养活自己。你只要给我爱情就好，至于面包和牛奶我自己会买。怕只怕，你给的面包和牛奶有效期太短，时间一长就会变质——因为没人喜欢吃发霉的食物，即使是山珍海味。

其实，每个人都要好好珍惜自己的爱情，但倘若爱情有一天离去了，你也要学着释怀，不必去苦苦追忆。

当然，最好的情况是，你既给了我爱情，也给了我面包和牛奶，那么我会感谢你——此生有你足矣，我会用我的余生来珍惜你。

姑娘，余生请对自己好一点

1

刘晓庆说："中国女人放弃自己太早了。年过 25 岁不再谈青春，年过 35 岁不再谈年轻，年过 40 岁不再谈姿色。"

小鱼怀孕三个月后，做起家务来大不如从前了。可婆婆非但不给她搭把手，还把年迈的公公留了下来，自己则潇洒地跑到女儿家带娃去了。所以，小鱼不但要做家务，还要照顾公公，整个孕期她很煎熬。

小鱼就让老公帮忙做家务，可老公总是不情不愿的。实在没办法，她只好把腹中的孩子抬出来跟老公理论，老公才乖乖地去收拾家务了。

其实，小鱼的立场很坚定，她认为婚姻是两个人搭伙过日子的事情，双方都有份，要共同来经营。她不想委曲求全，让责任都落在自己一个人身上。

一直以来，小鱼都是对自己慈悲在先，为别人付出在后。这样一来，老公永远处在自己之下，久而久之，他也适应了这种婚姻观。尽管婆婆经常对她各种挑剔，但是老公并没有跟他妈妈联合起来欺负她。

2

另一位朋友阿琳来自农村，毕业后她去了一家公司做文员，不久便结婚生子。由于孩子没人带，她只好辞掉工作，亲力亲为地在家带孩子。

但自此之后，阿琳感到无比的委屈——因为没有了经济来源，她只好伸手向老公要零花钱。于是，老公不让她逛街买衣服，甚至恨不得让她把一块钱当成两块钱来用。

阿琳的日子过得很窝囊，同时由于脸上长期没用好的护肤品，加上衣服都是几年前的旧款式，曾经如花似玉的她如今像个农村大妈，不禁让人大跌眼镜。

其实，无论是让自己老公做家务的小鱼，还是老公不让自己买衣服的阿琳，她们曾经都是父母手心里的宝。不过，结婚后她们原有的生活模式变了，进入了家庭的角色，所以有时候不得不面对各种烦心事。归根结底，是婚姻关系直接影响了她们的心情。

因此，一个女人即使结婚了也要有能力养活自己，那样就可以解决各种问题。

3

一个姑娘来到世上，集父母之爱于一身，慢慢地长大。直到她与一个男人成家，走进家庭，每天面对公婆与孩子，生活就成另一个样子了。婆婆若深明大义，便不会干涉她和丈夫的生活；婆婆若蛮横霸道，那她的日子就不好过了。

所以，姑娘，你永远也不要停止对自己的呵护和关爱。当没人可依靠时，你要用力地抱抱自己，给自己加油打气，那样，艰难的日子就能挺过去。

此外，如果一个男人不爱你，你也要果断地离开他。因为只有离开错的人，你才会遇到对的人。

如果婚后你跟公婆住在一起，就会时不时地受公婆的气，在条件允许的情况下，你应该跟丈夫搬出去住——哪怕是租房住，那样你就能少受点气，活得自由一点。

姑娘，请你记住，不管何时何地，你都不要忘记自己是谁，所以不要透支自己的身体和感情。比如有多余的钱了，你可以存起来，以备急需。

人心有善的一面，也有恶的一面，即使遇到人心险恶的情况，你也不要对生活感到绝望。因为，这世上有些东西是别人抢不走的，比如藏在心中的梦想、读进大脑里的书等等。

张爱玲说："长的是磨难，短的是人生。"无论何时何地，只有当你经济独立不依靠任何人，有底气去过更好的生活时，你才会被尊重。虽说岁月不饶人，不过你对它温柔了，它也会对你手下留情。

一个人能欢欢喜喜地活着，已经是上天最大的恩赐了。实际上，世上哪有永恒的事物？很多时候，我们往往是在与自己一路死磕。

不是所有的食物往冰箱里一搁就可以保存若干时日不

会变质，同样的道理，只有自己真正拥有的一切才不会"变质"—— 当你努力去变得更强大时，全世界都会给你让道。

姑娘，你是独一无二的，余生请对自己好一点。

所有命运馈赠的礼物，都暗中标着价格

1

卡玛在《人生是一场独自的修行》一文里写道："人生是一场与任何人无关的独自的修行，这是一条悲欣交集的道路，路的尽头一定有礼物，就看你配不配得到。"

有一次，林佳向我吐槽，说她遇到了一个男人，她爱得死去活来的。当那个男人没烟可抽、没酒可喝时，她都会替他去买。但后来，他还是在她的眼皮子底下劈腿了。

她觉得自己很傻，竟然爱上了一个渣男。

先不说这个姑娘对待爱情的方式对不对，也不说她的痴心。其实，在一段感情中两个人是平等的，而这个姑娘的失败之处就在于，她在这段感情中失去了自我，没有一点价值了。于是，她被渣男呼之即来，喝之即去。

一个姑娘的可贵之处，就是要有独立的思想和人格魅力。对于某些事情你可以妥协，而对于某些事情你坚决不能妥协——那是你的底线，是你的自尊的体现。

2

这让我想起另一个姑娘雯雯，她就是因为陷入爱情的泥潭不能自拔，最终毁了自己和父母。

她的男朋友有赌博的恶习，她不但不阻止，竟然还助纣为虐，将自己所有的存款递到了他手里，让他去挥霍。而在自己倾其所有之后，她甚至还抵押了父母的房产，以便男朋友有钱继续维持恶习。

结果，她欠了一屁股的债，父母也跟着倒了大霉。

看吧，这就是自作自受，因为她做事完全不考虑后果，由着自己的性子胡来。作为一名成年人，她应该有独立的生存意识，也应该有独立的思考能力，但为何就想不明白自己到底是在爱他，还是在害他呢？

人这一生会遇到各式各样的人——在你危难的时刻，有的人会拉你一把，也有的人会对你落井下石。每个人走的路终不相同，唯一相同的就是大家各自带着与生而来的爱、使命、梦想在一路前行，踏着荆棘，冒着凶险，赤手空拳地与这个世界抗争着。

就如电视剧《醉玲珑》里的卿尘，上一时空她与元凌相恋，可是他们的恋情遭到多人的反对，在婚礼上演绎出了变局。无奈之下，卿尘开启了九转玲珑阵，随之，一切都变了，她来到另一个时空，但发现一切都不受她的控制了。于是，她选择继续用自己的能力去改变一切。

无论是爱上渣男的林佳、拿钱给男朋友去赌博的雯雯，还是爱上元凌的卿尘，她们所经历的一切，在某种意义上来说都是一种普遍性的阅历。

这种阅历是命运的馈赠，但暗中都标好了价格。

3

对每个人来说，生活中无论多么平淡的时光都是只属于自己的"限量版"。每天我们所遇到的人，在我们身上所发生的故事，都构成了我们一年的 365 天、一生的丰富阅历。

很长一段时间里，我对自己产生了怀疑，怀疑自己是否有能力掌握自己的命运。但是，焦虑、自我否定导致我抱怨得越来越多，对工作没有了上进心，甚至连写稿也没有了激情。

后来，我终于想明白：我为什么要委屈自己呢？人生哪有顺风顺水，不都是过五关斩六将吗？随后，我调整了心态，每天都会扎实、丰盈地度过。我不会去管生活的阻碍，该吃的时候吃，该喝的时候喝，就算天塌下来也会从容应对。

失败不可怕，失恋不可怕，甚至被逼到站在人生的十字路口重新做选择也不可怕，可怕的是自己放弃了自己。你要知道，每一段过程都只是自己人生道路上的小插曲而已。如此，你才会认清生命的本质，才会对自己更有信心，走出一条属于自己的人生之路。

当你独立去面对一件事情，努力去追逐自己的幸福时，你才会发现这个世界的美好，也才会更加真实地拥抱自己。

所有的磨难都是命运馈赠给你的礼物，每一件礼物的背后都标着相应的价格——磨难越大，价格越昂贵。因此，无论发生什么事，你都不要伤悲——你没有那么丧，只是时运不济而已。

这时，你要停下来，摸摸自己的心，问问自己是否还要继续前行。如果答案是肯定的，然后就继续上路吧。

好风景永远在路上，只要领略过了，就是人生最美的回忆。

< 056 >

所有美丽闻起来都有金钱和汗水的味道

1

著名影星阿诺德·施瓦辛格说过："我过去的兴趣一直在如何保持完美的身体比例上。有一次，15岁时的我脱光衣服站在镜子前看着自己，我发现要达到完美的身体比例，我得有一对20英寸的臂膀，才配得上身体的其他地方。"这是健身给施瓦辛格带来的改变。

一般而言，健身房里都标示着这样的话：健身这条路注定很艰苦，但你的回报将是一辈子的。

2

我遇见过一个旅游达人丫丫，她的身材比例相当协调，穿衣打扮也很得体。不管去任何地方旅游，她拍的照片总是美得不要不要的——其实，她的身份是旅居在澳洲的旅游体验师，属于自由职业，收入也很可观。

但是，在"美丽"这条道路上，她付出的比别人多得多——跑步、瑜伽、定时护肤以及每个月一次的强体能训练。当然，她不只注重修饰外表，也注重丰盈心灵。在旅途中，她会看书，写旅行笔记、旅游专栏。

虽然大家首先关注到的是她美丽的外表，但翻看她的微博、朋友圈就会发现，她的每一条信息都画面强烈，文字优美细腻，可以说图文并茂，看着让人觉得十分享受。

丫丫的照片也让人赏心悦目，除了她本人上相之外，还有精美服饰的点缀作用。在与她相处的一个星期里，我发现她从没穿过重复的衣服，每一身衣服都穿得极为好看、得体。

在一年中的最后一个月里，她都会"断舍离"——把不要的衣服打包邮寄给有需要的人，自己再纳入新的美衣。

她的购衣经历也非常丰富，从北京、上海、香港到米兰、伦敦，一旦踏入一座城市，她就会毫不犹豫地给自己添新衣。

一个女人不可或缺的就是四季分明的衣服，学会穿搭也许就是自信和美丽的开始。看吧，真正的美丽是外表和心灵的结合，闻起来都有金钱和汗水的味道。

3

严歌苓在《读书与美丽》一文中写道："读书这项精神功课，对人潜移默化的感染，使人从世俗的渴望（金钱、物质、外在的美丽等）中解脱出来，之后便产生了一种美丽的存在。"

都说女为悦己者容，其实，很多时候她们是为己容，也就是悦己。有句话说得极对："梦想绝对是血钻石，只有从眼泪和血汗中诞生！"

阿千是自由摄影师，有自己的设计工作室。她的工作就是给客户设计宣传册、标语之类的广告，她也会接大量的拍照订单。为了帮客户节省时间，她学习了化妆，只要到她那儿拍照，她会免费给客户化妆，然后把美美的照片发到拍摄者的手里。

现在，她设计出来的广告不仅更加立体、饱满，连拍出来的照片都充满了诗情画意——每一个人物都很形象，甚至能从照片中看到自身的精气和灵魂。

当然，阿千也变得越来越有气质了。在四处旅拍的途中，她遇见过很多人，看过很多风景，而旅途中的见闻也让她变得越来越有阅历，渐渐地成了一个有品位的女子。

其实，阿千原来很胖，后来为了让自己变得更好看，她果断地选择了健身——她说，她碰到一个 80 斤的女孩都在健身，自己没有资格懒惰。健身让她的精神更为饱满了，她不但读书、看画展，还教授起了摄影课程。她走过的路颇为精彩，每条路上都洒下了她幸福的汗水。

所以，没有一副不够标志的面容，但要有可爱的神态；没有一副不够完美的身材，但要有好看的仪态举止。一个有趣的灵魂需要不断地美化，而健身让阿千看起来更加健康、阳光，读书让她的精神世界越来越丰盈了。

4

不错，所有的美丽闻起来都有金钱和汗水的味道。

也许有些人天生丽质，可随着岁月的流逝，吹弹可破的皮肤会变得粗糙无比，成为一块皱巴巴的"抹布"。可是，熔铸在灵魂上的某些事物会随着岁月的流逝发出光来，耀眼无比。

如果说人生是个跑马场，那每个人都要骑着自己的骏马在其中驰骋，沿途洒下汗水，让走过的每一条路闻起来都有努力过的味道。

生活在俗世里，我们要让每天的日子充满仪式感，这是一种必要的生活态度。不管怎么样，流过汗、吃过苦，学习新技能，拼命挣钱养活自己，会让自己变得越来越好。

这样的人生，即使一无所成也是圆满的。

人生的低谷就是你逆袭的开始

1

电视剧《我的前半生》里，罗子君每天花钱如流水，连做家务都雇保姆。她只负责扮演阔太太的角色，没事就查老公的行踪，提防他身边的小姑娘。如果用一个词语来概括她的生活，那就是"窝囊"。

她就这样守着老公和孩子过日子，直到有一天，老公跟她提出离婚，她突然"人设崩塌"，从此由全职太太变成了被老公抛弃的丧女人。

但是，后来的罗子君令人大开眼界，因为她重新找了一份工作，经过不断的努力后成功逆袭了——从一无所有到玩转职场，她突破了人生的困境。

在婚变的整个过程中，从刚开始试图逃避现实到最后笃定地重新选择生活，罗子君完成了一次嬗变，这是岁月给她上的一课，让她华丽地逆袭，扭转了自己的人生。

人生就该有一次低谷，那才是逆袭、嬗变的开始。想想，没有过灰暗的生活经历，一生也会无滋无味。而只有经历过了，你才会变得独立、隐忍，懂得经营自己的人生。

2

一生之中，谁都会遇到这种烦心事、那种烦心事，遇到了也只能自己去解决。解决不了的，该遭受的罪自己还是要遭受。

想想，很多时候一个人跌在低谷是有原因的。也许是你解决问题的方法不对，也许是你遇到了小人的打击报复，总之，原因多种多样。但是，当你跌入低谷后马上去反思自己，如果下次遇到同样的问题，你才能游刃有余地解决。

所以，不幸跌在了低谷，你没必要悲伤。前方的路很长，你只要重新规划好自己的人生，做好向完美人生逆袭的准备就行了。

如果逆袭成功了，你的人生就会金光闪闪。但若失败了，其实也无所谓，来日方长，总有那么一天你会时来运转的。

其实，很多时候我宁愿有身处低谷的机会，因为只有这样，我才能更好地审视自己。比如，当你怀疑自己的才华配不上自己的野心时，你才会知道自己的力量有多么渺小，不是所有事情都能解决。于是，你才会看清生活的本来面目，懂得去放空自己。

困苦的生活需要装扮，一旦装扮成功了，你也就走出人生低谷离成功不远了。在此后的岁月里，你会学会对自己更宽容、慈悲。

当一个人对自己无限宽容和慈悲时，这就意味着你已经变成那个美好的、自信的自己了。

亲，别人的看法一点都不重要

1

亦舒在其小说《美丽新世界》中写道："人生短短数十载，最要紧的是满足自己，不是讨好他人。"

以前看影视剧《放弃我，抓紧我》时，里面的主角厉薇薇说过一句特别扎心的台词："那些等着看你出糗的人，总会找到理由。你说你找个有钱的，他们会说你傍大款；找个没钱的，他们说你倒贴。你找个年纪大的，他们会说你恋父；找个年纪小的，他们又会说你老牛吃嫩草。找个丑的吧，他们说你眼光独特；找个帅的，他们又可怜你天真、肤浅，只看脸。就算你找到一个完美的，他们心里面还是期待着你老公出轨。所以，我说啊，别人的看法真的不用在意。"

我身边的几个朋友做事总怕别人在背后说三道四，指指点点。因此，做任何事之前他们都要去征求别人的意见，仿佛别人的意见就是指路神灯——神灯一亮，自己会有无穷的灵力。

这真的让人很无奈。

2

以前我租房住的时候，隔壁住了一个离异女人，她和六岁的女儿相依为命。

每当周末休息时，我发现她总带着不同的男人进进出出。每次下班回家后，我也会听见一群长舌妇聚集在一起对那个女人议论纷纷——话题无非就是她的生活不检点，带着拖油瓶还不实实在在地过日子。

时间一长，风言风语传进了那个女人的耳朵里，但她只淡淡一笑，毫不在意，似乎那些流言蜚语从来与自己无关，她不会受闲言碎语的影响。

有一次，我乘坐公交车时遇到了她，我们就聊了起来。当聊到她的生活时，我实在忍不住，便好奇地问她："你真的不在乎那些闲言碎语吗？"

"我又不是大明星，身上没有值得挖掘的八卦新闻。"她淡淡地说。

"可是，那些流短蜚长真的让人很不舒服！"我说。

"没什么，我没做偷鸡摸狗的事情，也没有做道德败坏的事情，随他们说去吧，那些闲话会像一阵风一样消失得无影无踪。"

"你心真大。"我发出了感叹。

"走自己的路，让别人去说吧。"女人再次默然地说。

后来，我再也没有听见那群长舌妇聚在一起说那个女人的是非了。再后来，我也不在那里住了，没有再见过她。

我想，她虽然离婚了，却没有玻璃心，而是选择继续在残酷的世界里摸爬滚打，靠自己的本事吃饭。她的心似乎是铜墙铁壁，流言蜚语无法击穿——别人的看法甚至嘲笑，对她来说一点都不重要。

她平安喜乐地活在这个世上，有一个聪明漂亮的女儿陪伴着，能让她体会到做母亲的快乐。我想，这便是她心底最柔软的地方，也是她与这个世界抗衡的唯一动力。

你走你的路，他过他的桥，你们互不干涉、互不影响，这样便最好不过了。但当一个人因为别人的看法而左右自己的想法时，在某种意义上来说是一种不自信的表现。

3

朋友们一起聚会时，相互吐糟起了各自的工作和生活。其中，好友 R 说自己的领导最大的缺点就是耳根软，公司存亡之际他本来决定要做的事情，却因老婆出面阻拦而放弃了。这导致公司的盈利一年不如一年，连员工的工资最后都无法按时发放了。

有一个单身姑娘找对象找了很久，一次好不容易跟对方对上眼了，但她不敢确定对方是不是自己的真命天子，于是跑到别人跟前征求意见。别人也只能给她辅助性的参考意见，并不能全权代表她自己做选择。这让她进退两难，最后导致相亲以失败告终。

很多时候，我们输就输在没有主见上，就连内心的痛苦也是源自别人对自己的看法。如果你很容易受他人的影响，遇到对自己不够友善的人，情绪就会变得低落；如果你想方设法地想留给对方一个好印象，这样反而会失去自己的魅力。

有的人就是唯恐天下不乱，眼里容不下一粒沙子。比如，只要你的生活过得比他好，他就会因为嫉妒给你提各种意见——这种人，你趁早远离他吧。

我们可以这样想一下，其实人太渺小了，哪怕一朵浪花都比人更长久——它可以永不疲倦地涌动着，没有死也没有生。因此，我们实在不必因一部分人的看法而影响自己的心情。

是的，你不必在乎别人对你的看法和评价，你只需做最好的自己就行了。

如果你连自己都不爱，那谁还会来爱你

1

特蕾莎修女说："我们以为贫穷就是饥饿、衣不蔽体和没有房屋。然而，最大的贫穷却是不被需要、没有爱和不被关心。"

其实，一个人最大的悲哀就是不爱自己，作践自己的身体，浪费自己的青春，放弃自己的梦想，虚度自己的生命——自卑又极度缺乏安全感，在困难面前低下头不断地抱怨，或者沉浸在过去的辉煌里无法自拔。

动画电影《美女与野兽》里，那位英俊的王子之前极度自私，他因拒绝一名貌丑的老婆婆借宿被施咒，变成了野兽。同时，连他的仆人也跟着遭了殃，变成了各种各样的家具。

王子想要解除这个魔咒，唯一的办法就是要学会真心待人。

这时，漂亮的贝儿代替父亲跟野兽关在同样的黑屋子里，但她跟野兽接触一段时间后发现他本性不坏，只是缺乏自信。于是，贝儿就不断地鼓励他，慢慢地，他敢于正视自己丑陋的外表了。

当然，野兽吸引贝儿的并不是他丑陋的外表，而是他的善良。其实，当贝儿第一次见到他时，也曾被他丑陋、凶残的样子吓得半死，但是跟他接触后就改变了看法。

2

人与人见面，首先关注的是外表。即使你很有才华，可在对方不知道的前提下，他看到的只会是你的皮囊。

这让我想起闺密小希，有一次相亲的时候她穿了件宽松的衣服，当场被相亲对象说是穿了件睡衣去见他的。

小希是典型的宅女，对吃穿之类的没什么要求。她家世好，学历高，工作稳定，收入可观——照理说，应该是女人中最抢手的对象，可偏偏就没有人喜欢她。这一切都是因为她平时邋里邋遢，穿衣服从来不注重美感，皮肤也不注重保养。

有一回，她去草原度假，没戴太阳镜，没擦防晒霜，甚至没打太阳伞，结果只待了两天，脸就晒伤了。

她不爱惜自己的后果是，她最终变成了老姑娘，35岁了还没有嫁出去——掐指算来，她相亲都将近40次了。

后来，她好不容易看上了一个男人，结果对方对她也是各种嫌弃：皮肤黑，穿衣品味很土。换成别人这么嫌弃她，她也不会伤心，可对方是她心动的男人啊！

受到这个打击后，她终于意识到外表的重要性了。

接着，她给自己制定了一个"100天逆袭计划"——她不想再做那个没人爱的姑娘了，她要彻底告别过去的自己。她开始健身、美容、上礼仪课，这些行动虽然没有马上改变她的身材和外貌，但改变了她的思想。

她变得越来越爱自己，即使当天的工作没做完也要坚持在晚上 11 点前睡觉，不再熬夜了。即使每天踩着高跟鞋上下班会很累，但为了保持优雅，她还是会选择穿。

她终于明白，一个女人如果连自己都不爱，那么，除了父母之外，再也不会有人来爱她了。

当她越来越爱自己时才发现，在这个世界上，只有自己不会辜负自己，只有自己才能给自己想要的生活。

灰姑娘能穿上王子递来的水晶鞋，不是因为她幸运，而是因为水晶鞋本来就是她的。

3

不管发生什么事，请你一定要善待自己。不管你在跟什么人过日子、做什么工作、与什么客户谈合作，你都要好好爱自己——你才是拯救自己的神。

你不必成为蜘蛛侠去扫除邪恶，也不必像擎天柱一样去拯救地球，而是要从现实出发，一点点地改变自己。这第一步就是爱自己、宠自己，为自己争取更好的机会。因为，当你变得更好时，也会遇到更好的人。

这个世界从不亏待优秀的人，而那些优秀的人往往都很爱自己。

一个不爱自己的人，不会取悦自己，甚至不会对自己的人生负责。只有当一个人越来越爱自己，越来越明白自己想要什么样的生活时，他才会去努力奋斗。

在这个瞬息万变的社会里，稍不留意的话，你就会失去施展自己才华的机会。所以，每一个机会你都要牢牢抓住，但前提是你要善待自己，好好地活着。

比如，如果失恋后你就寻死觅活的，那并不是一种解脱，而是懦弱的表现。与其让自己痛苦得死去活来，还不如走出魔阵，重新选择一次，试着跟自己谈一场"恋爱"。

你知道去爱别人，但就是不爱自己，这本身就有问题。你知不知道，你是这个世界上最大的傻瓜——因为只有傻瓜才不爱自己，会把自己逼入死胡同。

当你足够爱自己时，你会更加自信，你会散发出耀眼的光芒，成为人们瞩目的焦点。好好爱自己吧，生活的彩蛋终会砸中你的。

没有不请自来的幸运，只有有备而来的惊艳

1

在这个世界上，你想要得到美好的东西就需要付出很多努力。也许你背景强大，但那些美好的东西不会无缘无故降临到你的头上；也许你默默无闻，但只要你足够勤奋，总有一天你会跟那些美好的东西不期而遇。

据说，《茉莉香片》里爱穿长衫的大学教授言子夜的原型是作者张爱玲的大学老师——许地山。

前段时间看了许地山有名的小说《春桃》，发现春桃这个人物形象特别能吃苦，同时也不爱诉苦。丈夫发生意外后，她只不过说了一句："谁不受苦？苦也得想法子活。在阎罗殿前，难道就瞧不见笑脸？"

这就是春桃，她用简单的几句话阐述了自己的人生观。

春桃是个坚强的女性，但她很不幸，在新婚之夜就与丈夫李茂失散了。她流落到京城，靠捡废纸为生。后来，她遇到了同乡的向高，两个人产生了感情，就搭伙过起了

日子。再后来，失散多年的李茂在战场上失去了两条腿，并且出现在人街上乞讨，春桃就把他带回了家。

就这样，由于同在一个屋檐下，三个人的关系变得很微妙。春桃固执地坚持"咱们三个人就这么活下去"，可两个男人都希望春桃能有个好归宿，于是向高出走了。春桃不顾一切地出去寻他未果，回家后又发现李茂上吊了。

幸运的是，最后李茂得救了，向高回来了，他们在乱世里过上了安稳的日子。

春桃虽然只是一名普通妇女，但算是个努力的女性，她能在动荡年代里靠自己的双手解决衣食住行，凭自己的良心照顾行动不便的前夫，这就已经很伟大了。

2

我的好友艾米也是个努力且坚强的女子，她在一家传媒公司工作。有一次，她被领导要求做一期大型的视频直播，接到任务时，她有些担心。可她转而一想，觉得领导交付自己任务是对她的信任，她没理由拒绝。

为了不让领导失望，也为了不丢自己的脸面，艾米暗暗发誓：一定要录制好这期节目。

这是一期访谈节目，嘉宾是来自国外的媒体大咖。还好，艾米的口语很流利，全场与大咖们交流，她一点儿也没有怯场，最后把直播做得很不错。领导看到这期直播后，对艾米赞赏有加，后来就专门让她负责直播工作了。

这让我想起电影《爱乐之城》里的米娅。

米娅是一家咖啡馆的咖啡师，而她的梦想是成为一名女演员兼编剧。为了实现梦想，她经常会翘班去试镜，尽管每次试镜她都以失败而告终，但她从来不灰心，就像打不死的小强一样。

电视剧《楚乔传》曾经霸屏过，楚乔无疑是其中最吸引我的一个角色，她勇敢而笃定，为了活下去，在一步一步努力地往上爬。

当奄奄一息的燕北世子被关在天牢里时，为了让他有勇气活下去，楚乔对他说："这个世界，你靠别人总是不可指望的，你能指望的，只有你自己。"这简直就是金玉良言，让燕北世子对曾经死了心的世界开始有了一丝希望。

3

无论是春桃、米娅、楚乔，还是艾米，她们身上都有一个共同点，那就是不怕吃苦。春桃的善良、米娅的坚持、楚乔的刚毅、艾米的努力，都是一些美好的品质。

春桃过着底层人的生活，但心地善良，照顾着行动不便的李茂；米娅追逐梦想，最后实现了人生价值；楚乔心系百姓，废除了奴隶制，最后当上了将军，成为秀丽王；艾米在那次大型直播活动中挑起大梁，得到了领导的赏识。

看吧，她们都足够努力，并足够坚强。面对困难，许多人会望而却步，她们却会奋勇直上。我一直深信这句话：惊艳的背后，必是努力和不计其数的付出。

当然，这个社会上还有一群人是井底之蛙，他们整天只知道坐井观天。他们一直在混日子，每天就等着太阳落山。其实，有时候他们也会厌倦这种毫无追求的生活，可就是迈不出改变的第一步。

上帝是公平的，幸运从来只垂青那些有准备的人——它不会不请自来，想要惊艳的人生，你只能靠自己去争取。

别把自己贬低到尘埃里，你没有那么廉价

1

胡兰成逃亡到温州后，张爱玲去找他，却发现他已经

跟范秀美生活在一起了。后来，经过慎重的考虑，张爱玲给胡兰成写了一封绝笔信，并附上 30 万元的稿费。此后的岁月里，胡兰成企图挽回张爱玲的感情，但她没有答应。

看吧，张爱玲爱上的是懂她的男人，正好他也爱着她。但当他不爱她后，她也不会死缠滥打，而是选择了离开。

2

我去某所学校培训了三天有关新媒体的课程，认识了一个很努力的姑娘，暂且叫她木子吧，因为她的微信名里有个"木"字。

木子是主办方的工作人员，她听课比较认真，服务更是细致入微。三天培训下来，我们彼此交换了微信号，简单地聊了下职业和人生。她在一家媒体单位工作，是移动端的一名小编。但她特别向往编剧的工作，闲暇时会学着写剧本，读有关写作的书。

可以说，木子是我见过的最胖的女孩，同时也是最精致的一个人。但是，从头到脚，你看不出她的自卑。怎么说呢？就是她身上的优点和气质完全盖过了她的外形——她的亲和力、热爱学习的态度、坚强和自信，这些美好的内在品质让她看起来闪闪发光。所以，很多人愿意跟她交

< 076 >

朋友，或者交流工作心得。

跟木子接触的这三天里，我发现她并没有因为自己胖而看扁自己，或者说，她并不会抱怨自身的外形条件。或许她在心里质疑过自己，但是在她的脸上丝毫看不出来。

木子说，其实她已经减了 20 斤。但是，对她来说这是个小数字，即使再减 20 斤她还是很胖。不过，为了让自己变得更美，她一直在努力执行自己的减肥计划。

从某个角度来说，她已经很美了，浑身都是正能量。

3

小鹿长相甜美，也有一份稳定的工作，但她的生活品味很高，有空就会去看艺术展览或去听音乐会。不过，她唯一的缺点就是自我评价太低，动不动就把自己贬得一文不值。

有一回，亲戚给她介绍了一个对象是海归博士生。她跟那个男士见过面后，我们问她对人家的印象，她说："他很好啊，可是我不好，我配不上他。"

我们都傻眼了，纷纷给小鹿想办法。但是我们折腾到最后，她也没有跟那个男士走到一起。后来，我听说人家对她也有好感，但她硬生生地把事情搞砸了——因为，她总是觉得自己一事无成，很失败。

这是个看才华和颜值的时代，颜值固然重要，但有趣的灵魂更珍贵。有些人是花瓶，颜值爆表，却没有才华。这种人第一眼看过去，人们会惊艳于她的外表，但在与其接触之后会发现不过如此。

我曾经见过一个姑娘，她腰似柳枝，肤似白雪，穿衣时尚，薄唇永远如烈火。很多人都说她美得不可方物，没人能比——可接触的时间一长，你会发现她经常爆粗口，并且流连于夜店。她还凭借自己的姿色勾三搭四的，桃色新闻满天飞。

更可气的是，她没有一丝孝心。她的父母生活在乡下，她竟然懒得去看望，甚至埋怨父母没把她生在繁华的都市，没给她好的物质条件。

电视剧《一粒红尘》中的叶昭觉出身低微，学历不高，她不但要养自己、养父母，还要养男友。她住在脏乱的贫民窟里，虽然好友清羽是富二代，但她自始至终不愿意沾人家的光。

叶昭觉自尊心很强，她有一身傲骨，从不觉得自己低贱。最后，她凭借自己的努力挤进了设计师的圈子，成了一名顶级的珠宝设计师。

这就是努力的意义。

4

在自己喜欢的人面前，很多人都会低下头来，因为自卑的缘故。但这会浪费你的青春，或者金钱。其实，无论是青春、金钱，或是其他事物，你都不能把爱情当成慈善事业，不能把你的付出拿去拍卖。

很多人的痛苦就在这里，他们把自己高贵的头颅低到了尘埃里，把自己当成了廉价产品去进行交易。

我想起了朋友甜甜，她曾经喜欢一个男人很多年，可人家始终不愿意娶她，并且一直把她当成免费劳力使。直到有一天，他结婚了，新娘却不是她。她这才恍然大悟，原来一切那么可笑，她的真心付出并没有换得应有的回报。

看吧，感情的世界就是这么残酷。既然我们不能相爱到老，不能做合法夫妻，凭什么我要倾尽所有去成全你的美好生活呢？

那就一身傲骨地潇洒离去，重新开始自己的新生活，跟过去彻底地告别吧。即使以后你会短暂地失落，也是自己心甘情愿的选择。所以，你不要认为自己多么廉价，把自己贬低到尘埃里。

你是你，独一无二；你是你，是颜色不一样的烟火。

生活不会因为你是女孩就会让着你

1

毛姆在《人性的枷锁》里写道："打翻了牛奶，哭也没用，因为宇宙间的一切力量都在处心积虑要把牛奶打翻。"

生活不会因为你是女孩而让着你，它照样会把残酷的一面展现在你面前，让你举棋不定，束手无策，甚至彻底失去信心。

你说你是女孩，很抱歉，在生活面前这个理由起不了任何作用，它也不会帮到你一点忙。大家都知道你是女孩，可是生活不知道——它只知道命运会给予每个人一样的磨难。

对每个女孩来说，男朋友会对你百般呵护，父母更会把你宠到天上去，可是在公司里，领导并不会因为你来了例假就让你回去休息。

就算你厚着脸皮开口向领导请假，开明的领导也许会批准，但是一次两次甚至三次四次可以，若是每次都这样的话，领导肯定会对你不满，甚至对你发飙。

此外，如果你的工作没有做好，情况就更糟糕了。

你要搞清楚，公司是一个团队，你的这种态度会让领导对你恨得牙痒痒。他会觉得你是个不靠谱、不上进的员工，一天就知道瞎混。如果你没有一点工作的积极性，他会因为你的懈怠而对你产生怀疑，甚至解雇你。

2

朋友 Lucy 在一家外企上班，她整天都很忙，但薪水丰厚。因为财务由自己自由支配，她为家人花钱更是财大气粗——每个月她都给婆婆四五千元的生活费。对此，没有任何收入的婆婆自然很高兴，把她当自己女儿一样宠着，逢人就说她多好多好。

直到 Lucy 怀孕后辞去了工作，她给婆婆的生活费越来越少，一向爱财如命的婆婆自然不高兴了。后来，小心眼儿的婆婆直接卷铺盖回到了乡下，连孩子都不帮忙带了。

Lucy 只好请保姆，可保姆也不好好带孩子，于是她就专心当起了家庭主妇，靠写文案和专栏来改善家庭的经济状况。

看吧，生活多残酷！你就是想当个家庭主妇也要兼顾孩子的奶粉钱，但生活并不会因为你是女人就让你不劳而获，轻松自在地活着。

继续说说 Lucy。

孩子醒着的时候，她自然写不了文案，也写不了专栏，只能等孩子睡着后再争分夺秒地码字。对她来说，孩子睡着的时候就是她挣钱的时候，她自然不能错过这黄金般的时光。

最后，经过多年的努力，Lucy 终于过上了自己想要的生活。

3

电视剧《欢乐颂》里的樊胜美是女孩吧，可生活并没有因为"女孩"的标签就让她少受罪。

每次，她要把自己挣的钱拿去填补哥哥捅下的无底洞，即使她很气愤，即使她对父母的偏心感到心痛，可生活并没有让她享到一点福，就连她和王柏川的爱情也遭到了"恶婆婆"的阻碍。

电影《滚蛋吧！肿瘤君》里的漫画家熊顿是女孩吧，但她还是接二连三地遭到了常人难以想象的打击：工作被炒了鱿鱼，男友跳票，甚至还到警察局走了一回。更糟糕的是，在一次聚会上突然晕倒后，她才发现自己的身体出现了严重的问题。

一向乐观的熊顿就这样被打败了，她奢望地守着剩下的每一寸时光。

电视剧《云巅之上》里的简兮是女孩吧，可她还不是被亲生母亲遗弃，跟着奶奶相依为命？

直到奶奶去世后，她才踏上了寻找生母之路。可惜，已经成为耀眼大明星的母亲并不打算与她相认。没办法，她还是一样流落在街头，吃着过期的泡面，甚至还受到小旅馆老板的非礼。

你看，樊胜美、熊顿、简兮，生活有没有因为她们是女孩而对她们格外开恩、格外照顾呢？

没有。

4

曾经有一段时间，我希望自己是个男生。我想，这样我就不用忍受每个月都会来"探亲"的大姨妈，也不会因为嫁不出去而被人叫作老姑娘，甚至可以不生孩子，不用忍受公婆的气。我要做的就只是挣钱养家，找个貌美如花的女人结婚。

可惜，我是个女孩。

我每天八点到单位，六点下班，回家后做饭，吃完饭趴在电脑前拼命写稿或读书，周末还要去学习职场技能。没办法，生活就是这么残酷——我若不努力，早就被社会淘汰了。

而凭借对写作的坚持，我也得到了应有的尊重。反过来说，倘若我不努力写作，不被更多的人所知晓，谁又会尊重我呢？所以说，生活不会因为你是女孩而让着你，相反，它只会以最残酷的方式出现在你的面前，你根本无法避免。

那么，你只有练就一身刀枪不入的本领，它才会停下手中刺向你的剑。否则，它会毫不犹豫地刺向你，杀你个片甲不留。到那时，刺骨的疼痛你只能白白领受。

你是女孩，但是你完全可以靠自己的努力顽强地生活在这个社会上，即使生活很狗血，你也要在心中收藏一片绿茵般的美好。

面对生活的糟糕，你要告诉自己，只要努力了，一切都会变得美好起来。

所有经历的喜与悲，终化为今日的懂得

1

看完影片《傲娇与偏见》后，我觉得里面的"北漂"网络作家唐楠楠是个元气满满的少女，尤其看到她头上戴着"日更10000字"布条的那个画面，我不禁感到一阵兴奋，仿佛她身上的那股元气传到了我身上，往后的日子里，自己的人生之路也会变得平坦起来。

但是，唐楠楠身上的狗血事件让每个人都替她捏了把冷汗——她在北京打着好几份工，只为了给初恋男友凑学费。但是，当她把一饭盒热气腾腾的饺子送到初恋男友的手上，他转手就给其他同学吃了。

看到这一幕，唐楠楠到底有多寒心，只有她自己知道。

最狗血的是，唐楠楠喜欢得不得了的初恋男友，竟然勾搭上了一个有钱的姑娘，她最后被刷了下来。

后来，初恋男友递给她一个10万元的存折，算是补偿这些年她付出的感情以及金钱。但是，有些事情能弥补，

有些事情却不能弥补，比如，唐楠楠的青春是无法用金钱来弥补的。

对唐楠楠来说，失败的初恋就是她人生中的一个"情劫"，情劫不过去，她就不会成长。所以，她只有一个出路，那就是成为网络作家，而小说日更10000字是她最主要的目标，能走影视道路则是她最终的梦想。

最后，唐楠楠和富二代朱侯误打误撞，共同写出了《论鲜肉的十种吃法》。当时，她只是为了发泄自己心中的不快，没想到赢得了网友的共鸣，这本书竟然出版了。

唐楠楠所经历的悲喜，最后都变成了她独一无二的财富，也是在经历之后，她才变得更加强大、自信、笃定了，甚至接近完美了。

2

那天，我跟唐璐一起吃火锅。

一提起女儿，唐璐就异常兴奋，她表示愿意为女儿做任何事，比如她给女儿顿顿做好吃的，自己则吃工作餐。所有省下来的钱，她都用在了女儿身上，比如周末带孩子去早教班。

唐璐身上泛滥着浓浓的母爱，她用所有的精力浇灌着

< 086 >

亲情树，"舍得"和"牺牲"在她的身上演绎得淋漓尽致。

我的另一位好友小纯曾经受过情伤。一年前，男朋友卷走了她所有的存款，消失得无影无踪。她整个人就此跌入到深渊中，不知道如何去面对生活，如何继续前行。

但她最后还是爬了起来，再次恋爱了。

现在的男朋友是个很老实的男人，待她很真诚。渐渐地，她越来越喜欢这个男人，决定跟他搭伙过日子，这也让她觉得人间烟火其实很美。与他在一起，她很有安全感，而那些过去的悲痛，让她更加懂得了珍惜现在所拥有的一切。

3

苏东坡有诗云："人似秋鸿来有信，事如春梦了无痕。"任何事都一样，经历过残酷，经历过伤悲，方才懂得感恩、珍惜，甚至接纳。比如，《大话西游》里的至尊宝，因为紫霞仙子的一滴泪而改变了故事的结局。

希望你也一样，去爱一个盖世英雄，也被一个平凡人所爱；能在伤悲中学会成长，能在失去后学会珍惜。

愿你在学习的过程中，懂得学习的乐趣；在一杯红酒中，体验甘甜的滋味；在一杯茶中，品出淡淡的清香；在

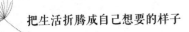

一本书中，读到美妙的句子。

愿我们在俗世中修炼出慈悲，在寂寞中给自己找一个精神寄托，在自卑中学会自信，在不幸中学会坚强。

愿我们心中自有喜乐，面带笑容，一路寻找梦想，一路温暖他人。

第 三 章

如果幸运眷顾你，请继续努力

如果幸运眷顾你，请继续努力

你看起来义无反顾，才能让世界委身于你

自律的人，运气都不会太差

愿有人问你粥可温，有人陪你立黄昏

我想和有趣的人过一生

得体是女人最昂贵的面霜

那就先定一个小目标

请让一切顺其自然，别问能收获什么

如果幸运眷顾你，请继续努力

1

几天前，我参加了一家旅游公司的活动。

这家公司最好的旅游项目是国际游。其中，欧洲游线路上的乘客 L 是这家公司将近 16 年的老员工，但这次她是带女儿出去游玩，并不是服务人员。

随行的旅客中有若干位已经退休的老年人，他们大多在年轻时吃过苦，等孩子们长大后成了家还要帮忙带孙子。如今，孙子不需要他们看护了，他们就都闲暇了，于是报了国际游。他们报的线路大多是欧洲游、新马泰。

L 怕老年游客们掉队，总是在断后服务，这害得她的女儿没有玩好，抱怨妈妈爱工作不爱女儿。但 L 的细心服务让这些老年游客很感动，事后他们送给了她一面锦旗，上面赫然印着四个大字：旅途天使。

这俨然是对 L 的最大肯定，也是对她人格魅力的奖赏。

当 L 接过锦旗时，她微笑着表达了自己对职业的热爱——她很愿意照顾这些旅客，让他们看到最美的世界，留下最美的记忆。

L的人格魅力就在于乐于助人。

旅客中有一位老太太是糖尿病患者，但粗心大意的她在出门前竟然忘记带药了。为了让老太太玩得放心，L在旅游当地自掏腰包给她安排了药物注射。

老太太对L很是赞赏，表示只要是L提议去的旅游线路，她都会义无反顾地支持。因为对别人来说，L的行为也许并不感人，但是对老太太来说，L的贴心服务温暖了她的旅途。

或许L很幸运，但前提是她时刻保持着自己的职业习惯，面对一群可爱的老人时，她没有置之不理，或者表现出厌烦。再说了，那是她的休假时间，她完全可以不去管这些事，但多年来的职业操守让她没有忘记初心。

于丹说："一个人幸运的前提，其实是他有能力改变自己。"这让我想起影片《指环王》中的佛罗多，他加入了魔戒远征队，一路上千辛万苦，历经种种磨难，最终在魔都亲手摧毁了魔戒，让世界恢复到了和平状态。

看吧，你在哪里努力了，就会在哪里看到结果。

2

朋友莹莹在我跟前感叹，说这一年过得真快，转眼之间已过完大半了。而她觉得前半年里庸庸碌碌，一事无成，没有一点成就感。

不过，她觉得有一件事情值得庆贺，那就是她的孩子已经一岁了。是的，她在孩子身上倾注了太多的心血，而孩子也给她带来了很多温暖，让她体验到了做母亲的快乐。她说，在成为母亲的这条路上，她走得无比坎坷，经历了常人也许无法经历的困境，不过最后的结局很圆满，她很知足。

莹莹一直在努力做一个好母亲，这一点大家有目共睹。而在努力的过程中，她终于体验到了亲子之间的喜悦。其实，父母与子女皆为缘分，缘分不到，一切都不会圆满。

自从做了母亲之后，莹莹比之前更加努力了。她要给予孩子最好的成长，比如给予他充满爱的食物、充满爱的衣服。在奉献的过程中，她虽然也感到疲倦，但在孩子成长的这条道路上，她说自己会一直努力。

3

那么，努力和幸运到底存在什么样的关系呢？

有句名言说："幸运女神不愿将任何人长久地驮在肩上，她很快就会疲倦。"但很多人不明白这个道理，其实，努力和幸运就如同一对孪生姐妹，如影相随。

很多美好的事物如昙花一现，不会长久。也许一个人现在看上去头戴金环，似乎无比幸运——殊不知，这种幸运若不用心经营，很快就会消失。

如果幸运眷顾你，请不要骄傲，而要继续一路前行。因为，明天总是无法预料——谁知道明天和意外哪个先来到呢？

幸运的是，我们能看到今晚的月亮和星星。

世上的心灵鸡汤太多，喝是喝不完的，但有一种鸡汤一定要喝，那就是努力和坚持——只有这样，你才能抵达成功。

你看起来义无反顾，才能让世界委身于你

1

有一种女人，她活出了你理想中的样子，因为她颜值不低，还有一肚子的才华，甚至还有不少的钱财。

她可以逛得起商场，买得起名牌服饰，随时随地出国旅游，甚至想学什么技能就学什么，没有一丝后顾之忧。如果在大城市生活得厌倦了，她还可以卖掉大城市的房子搬去小城镇居住。

2

我就认识这样一个朋友——凯琪，她厌倦了北京的快节奏生活，于是卖掉在北京的大房子，去大理买了一套房子，开了一家咖啡馆。卸下了枷锁的她，彻底过上了诗意的生活。

其实，在凯琪还没有过上理想的生活之前，她过得很

辛苦。刚来北京的时候，她在一家杂志社做编辑，跟同事合租在地下室。她每天自己做饭吃，想买一件漂亮的衣裙要攒很久的钱。而为了节省钱，她甚至会选择步行回家，以致后来变得走路带风。

为了多挣点零花钱，她就拼命写稿。在写稿的过程中，她发现没有饱满的"输入"，就不会有高质量的"输出"。于是，她强行给自己做了规定，每个月至少要看四本书、四部电影，参加两种活动。

功夫不负有心人。果然，她的上稿率越来越高，收入也越来越多，很快就积累了一笔可观的财富。但她知道，这平庸的生活不是自己想要的。后来，她果断地辞职，又开始创业了。

她在北京开了一家文化公司，一天一天地熬，一步一步地往上爬。她白天去见客户，晚上就在台灯下写稿。

看吧，所有的成功都是用努力换来的，那些自身闪着光芒的人往往是因为付出了比别人更多的心血。在理想的生活面前，他们总是在义无反顾地朝前走，从来没有停下来，也从来没有喊过累叫过疼，甚至在中途放弃。

是的，坚持就是胜利。

3

有一天，我去图书馆还书，正好碰上一个在附近写字楼上班的姑娘。近期，她每天中午都来泡图书馆。她说自己很忙，经常出差，没什么时间看书，只能利用中午两个小时的碎片化时间来读书，吸收知识给自己充电。

再次遇到这个姑娘，还是在图书馆里。这次，她激动地告诉我，她升职了，当上了部门总监。

我想，她升职无非就是两个原因，除了幸运之外，就是实力。而实力不是天生的，是后天通过努力提高的——任何一种实力，都要相当努力才能彰显出来。

《摔跤吧！爸爸》里的吉塔，每次比赛都需要爸爸在一旁指导才能最终胜出。有一回，爸爸被锁在了小屋里，无法到现场指导她。就在最后一刻，她想起了爸爸的指点，凭借自己的力量圆满地获得五分，拿下了一枚金牌，成为全民女神。

这个世界就是这么残酷，可就是因为残酷，我们才会一步步地成长。谁不愿意安安稳稳过日子？谁不愿意让自己的生活充满仪式感和诗意呢？只不过，要想拥有这一切，你就得付出成倍的努力，花上无数的时间和精力。

没有一个人能随随便便成功，也没有一个人能不劳而获，只有付出比别人更多的努力，才能得到自己想要的东西，才能让世界委身于你，让他人尊敬你。

自律的人，运气都不会太差

1

古龙说过："爱笑的女孩，运气总不会太差。"如果把这句话用在小茶身上，则会变成：自律的人，运气都不会太差。

小茶是我身边少有的自律女孩，她也能做一手好饭。小茶的男朋友是她曾经的一位客户，因为吃了她做的一碗热气腾腾的馄饨，就决定娶她为妻。于是，在一个阳光明媚的下午，男朋友带着钻戒和玫瑰花向她正式求婚了。

爱情就是这么奇妙！朋友们听说小茶用一碗馄饨就俘获了男朋友的心，都觉得这太不可思议了。事实上，姐妹们眼中的"不可思议"，对小茶来说确实存在。

小茶是个独立自主的姑娘，本领和实力过硬，还有自己的想法。在公司里，她算是业绩突出的头号员工，经常被老板夸得稀里哗啦的。后来，老板给她加了薪，都快赶上白领的工资了。

小茶并不像有些女子一样迷恋逛街、泡酒吧、K 歌，她迷恋的是美食、烘焙、瑜伽、插花、茶道、习字等比较高雅的业余爱好。她还给自己制定了一系列目标，然后会风雨无阻地去执行，比如邀请朋友来家里参加美食 Party。

朱熹说："不奋发，则心日颓靡；不检束，则心日恣肆。"小茶正是用目标约束着自己的行动，不放浪形骸，不给自己偷懒的借口和理由。她总是严格要求自己，合理安排时间，在最短的时间内去有效地完成工作，一刻也不放松。

2

在小茶的眼里，人会经历很多事情，悲伤的、喜悦的，但无论是哪一种，她能做的就是战胜它们，用自己最好的态度去与它们握手言和。其间，可能有些事她也无法左右，但是她依然会全力以赴。

周一到周五，她会按时起床，准时上班，从来不迟到。而自己负责的项目，她也会漂亮地完成。到年底，年终奖

< 098 >

她能一分不少地拿到手里。

在与客户沟通的环节上，小茶永远以客户为主，比如她会特别地为客户详细讲解对方不理解的地方，凡是跟她打过交道的客户都说她人品好。其实，与其说她人品好，还不如说她够自律。

小茶的众多客户中，有一位糖尿病患者。每次跟那位客户聚餐时，小茶总会考虑到客户的需要，点餐基本以清淡食物为主。那位客户最终被小茶感动了，二话没说就在上百万的合同上签了字。

周六，很多人都在家睡懒觉，小茶会准时起床，给自己准备丰盛的营养早餐。之后在阳台铺上瑜伽垫，一呼一吸，进行有氧运动。练完瑜伽，就给自己泡一杯静心的茶，开始读书。下午则抄写《心经》。晚上，她会给加班的男朋友准备爱心晚餐，或者陪他去看电影。

周六就这样有规律地结束了，丰盈而充实。

周日，小茶要去上插花课。上完课之后，她会约朋友喝咖啡，叙叙旧。没事的时候，她会翻翻下一周要用的方案。

小茶受欢迎的背后，是她的努力和自律在起作用。殊不知，一个人的自律里藏着他的运气。一个能管理自我的人，必定能掌握自己的人生。

3

前段时间看电视剧《将军在上》，我被剧中的叶昭深深地圈了粉。叶昭从小以男儿身在军营中长大，处事作风皆是男子气概。皇帝忌惮叶家的兵权，便给她指婚，让她嫁给了废柴南平郡王。

婚后的叶昭，不因丈夫无能而不孝敬公婆，相反，每天早上她会准时向婆婆请安，婆媳之间还闹出了不少笑话。之后，她还要上早朝。且不说她有没有被婆婆接纳，至少在礼仪方面她是一个自律的女人。

放眼望去，人与人最大的差别不是腰缠万贯，而是自律。那些努力又自律的女子，连岁月都不忍心辜负她们——自律令她们活得更高级，也收获了自己理想的人生。

"今天太累了，明天再弄吧。"这种心态不知道毁了多少人。一般而言，蹉跎岁月的人都不会有一个好未来。

一个女人要想活成理想中的样子，就一定要自律。比如，举手间洋溢着优雅，谈吐间流露出智慧，把自己的生活安排得精彩纷呈。这样内敛且含蓄、低调不浮夸，人生的每一步都会踏实地走下去。

生活真正的主宰者是自己，当你足够自律，才能立足于社会，才能战胜困境，才能为自己打拼出一个好未来。

白律的人，运气往往都不会太差。此话　点也不假，你若不信，不妨试试。

愿有人问你粥可温，有人陪你立黄昏

1

每个人的心里都有一盏烛火，而照亮小盐的那束光就是爱情。能让她坚持到最后，能让她考研成功，甚至能让她有勇气奔赴有他的城市，都是因为他是她心中不曾熄灭的烛火，甚至是她心里最浩瀚的银河。

小的时候，小盐的父母就离婚了。读大二的那年，父母因为她的学费和生活费谁出的问题彻底闹僵了，谁都不再给她打钱了。当时，小盐在外地求学，最惨的时候只能吃馒头和咸菜。

那时，她想找份兼职做，可当地的兼职全被中介承包了，可怜的她也交不起中介费。好在小盐有个体贴的男朋友，他高大帅气，暖心得像《超能陆战队》里的大白一样。

他为小盐擦掉眼泪，对她说："不要害怕，他们不管你，我管你。"

就是因为男朋友的这句话，小盐的世界仿佛一下子海阔天空，格外美好了。她忍住所有的委屈和痛苦，没有哭泣。

小盐和男朋友一起上下课，去图书馆看书，去餐厅吃饭。每次去餐厅，男朋友点一份餐，两个人会分着吃。用男朋友的话说，感情一人一半，那样不会散。

那时，能带给小盐温暖的就只有男朋友一个人——他带给她爱情，带给她信心，带给她感动。

后来，继母态度强硬，一直催父亲解决小盐的学费、生活费这件事，父亲被逼到无路可走，用自杀的方式结束了生命。在电话里，继母对小盐一阵侮辱和谩骂，觉得老公的死皆因小盐而起。小盐当场就崩溃了。

当天晚上，小盐想回家给父亲办丧事，可手头没有钱。男朋友知道后，二话没说就从家里提前预支了自己的生活费，然后买了两张火车票，陪同小盐一起回老家。

等小盐回到家时，父亲的遗体就那样寒碜地摆着。因为继母独吞了父亲的财产，连个棺材都不舍得给父亲买。最后还是男朋友给父亲买了寿衣和棺材，料理了丧事。整个过程中，像大白一样的男朋友替小盐做了一切。

在男朋友的帮助和自己的努力下，小盐大学毕业了。

毕业后，她读了研，而男朋友回到家乡做了村干部。后来，男朋友觉得自己配不上小盐，主动提出了分手。其实，他只是觉得异地恋没有结果，不如趁早分手。

小盐拼命想挽回这段感情，最终以失败收场。

研究生毕业后，小盐打听到男朋友还没有对象，她喜出望外，收拾了所有行李，带着对他的爱，奔赴了有他的地方。那个全心全意爱护着她，在黑夜里带给她光明的暖男，她想永远跟他在一起——她始终无法忘记，在她最困难无助的时候，给予她力量的他。

坐了两天两夜的火车，小盐才抵达男朋友的家乡。那是一座小县城，它被青山绿水环绕着，安逸而宁静。

看到小盐，男朋友愣了半天才反应过来，然后关切地问："你还好吗？"小盐早已经泪如雨下，扑入男朋友的怀里抽抽搭搭起来。

很快，小盐应聘了当地的一所学校，做了老师。而男朋友呢，继续做着他的村干部。于小盐而言，他就是她唯一的亲人。

第二年国庆节，小盐和男朋友举行了婚礼。在婚礼现场，男朋友深情地念着宣誓词，而小盐早哭成了泪人。皇天不负有心人，她终于嫁给了曾经陪伴自己走过黑夜的男子，成为他的妻子，为他生儿育女，经营属于自己的幸福。

2

小盐被父母抛弃过，也感受过世间的人情冷暖，甚至挨过饿，挨过冻，受过穷，受过白眼，受过歧视和嘲笑，只是她一路坚持到了最后——她研究生顺利毕业，嫁给了带给自己那束光亮的男子。

不难看出，小盐是个重情重义的姑娘，她对待爱情可谓情深意重。至少在研究生毕业后，她没有投入到他人的怀抱，而是挂念着那个曾陪她同吃一份餐、一起渡过难关、真心待她的人。

小盐对待人生的态度也是积极的，至少在很丧的时候，她没有退缩，也没有忘记初心。她成了蜘蛛侠，自己拯救自己，让自己慢慢地变坚强了。读研究生的那几年，她打了两份工才凑够了学费，终于咬紧牙关坚持到了毕业。

这就像泰戈尔的那句诗一样："只有经历过地狱般的磨砺，才能练就创造天堂的力量；只有流过血的手指，才能弹出世间的绝响。"

一个女子最幸福的事，就是找到一个令她欢喜、感动的男子。在她无助的时候，那个人会安慰她，让她靠在他的肩膀上，并摸着她的头说："你还有我。"

一个女子最睿智的事，就是能坚持自己的初心，按照之前制定的目标踏前行，无论遇到任何阻碍都不会停下，不让自己失望。

3

时光匆匆，逝去的岁月不再回来。面对这个功利的世界，我们要珍惜该珍惜的人，感恩该感恩的人，记住该记住的人，忘记该忘记的人。那些痛彻心扉的往事总会过去，静好的岁月也会如约到来。

木心在《艾华利好兄弟》中写道："时间不是药，药在时间里。"

任何委屈都不会长久，当忍受了那些委屈之后，人生的天空才会出现彩虹。没有过不去的坎儿，没有永久的磨难，所以，你不要抱怨自己命运多舛，也不要对生命中的那些困境充满怨恨。有时，上帝的奖赏只是晚到了一会儿，只要耐心等待，它必然会降临。

愿有人问你粥可温，有人与你立黄昏。如果一个人能记挂着你，给你温一碗粥，陪你在黄昏散步，请你好好珍惜。喝粥时，不妨把他对你的好一同吃进肚子里，在以后的柔情岁月里慢慢偿还；散步时，记着挽住他的胳膊。

如果你还没有遇到这样一个人，那就先替他照顾好自己，好好吃饭，好好睡觉，好好工作，温柔地善待自己，直到他来到你身边。

我想和有趣的人过一生

1

在茶会上，小超给大家带来了好吃的茶点。昨晚他在健身的时候认识了一个热爱烘焙的女孩敏敏，她很热情，送给他一盒自制的蔓越莓饼干，他就带给大家分享一下。

小超把敏敏的微信号推荐给了大家，我加了她的微信之后，点开她的朋友圈，发现她发的全是关于健身、烘焙的内容。后来，我在朋友圈看到她新发明的"网红"面包，便付款买了一份，等待她送货上门。

那天是周末，敏敏把面包送到了小区门口，然后打电话叫我去取。当时我急着出去，素面朝天就下楼了，精神很不好。而她呢，一副打扮得体、干练的样子。

这是我和她第一次见面。

她把包装精美的网红面包递给了我，微笑着说："谢谢你的信任。我送了点小甜品，给你当茶点用。"

我一时没反应过来，就接过了袋子。简单交流了几句后，她就跟我告别，去对面坐公交车回去了。等车时，她还一个劲儿地朝我招手。车来了，她上了车。随后，我拎着网红面包回家了。

当时我正好在写一篇约稿，交稿之后，编辑让我重新修改。改来改去，整篇文章几乎是重新写的，等到交稿时已到了下午。这个点了我还没有吃午饭，刚好有网红面包可以充饥。我泡了陈皮普洱，打算让自己放松一下，直到打开袋子才发现，敏敏送给了我很多精致的茶点。

后来，有一次我跟敏敏聊天，问她怎么会想到送我茶点。这才知道，原来她看过我的朋友圈，得知我爱喝茶，就专门给我做了精美的茶点。我瞬间感动了，她这么有心的女孩，很容易获得别人的好感。

2

从那之后，我对敏敏更加关注了，不仅关注她新研究的面包、糕点之类，还关注她在生活中的模样。直到有一天，我忽然发现她发朋友圈的风格变了，图片不仅唯美，连文案都写得有声有色。

原来，她去学了摄影，还报了文案速成班。

敏敏来自农村，并没有高学历，因为热爱烘焙，走入社会之后一直从事着与烘焙有关的工作。后来，她果断辞职，在一处繁华地段开了自己的烘焙工作室。有订单时，她会用心地给顾客做美味的糕点，并且送货上门。没订单时，她也不着急，就潜心研究新式蛋糕。

网红面包就是她新研究出来的，这种面包带着时尚感，贴近当今生活。网红面包有两种口味，一种是甜味的"白富美"，用白色巧克力做的；另一种是略带苦味的"脏脏包"，用原味巧克力做的，表面洒满了可可粉——吃完后手上、嘴巴上都会沾满可可粉，看着有点脏，所以她给起了这个名字。

一时间，我的朋友圈里都在晒网红面包，还都是来自她的工作室。

这个热爱烘焙的女孩无疑是漂亮的、可爱的，她笑起来还显出两个深深的酒窝，露出一排白白净净的牙齿。如果按女子大美为心净、中美为修寂、小美为貌体来划分的话，她算是最后一种。

她开了工作室，做着自己喜欢的工作，事业有成；后来嫁了一个不错的老公，生了一个可爱的女儿。虽然她满足于现在的这种生活，却在提升自己这一方面毫不犹豫。

她一直觉得自己比其他条件优越的姑娘要矮一大截，所以只能通过不断学习来完善自我，投入更多的精力和金钱，让自己的气质越来越好，格局越来越大。这样，她才不会被竞争激烈的社会淘汰，才能给女儿树立完美的形象，让老公越来越爱自己。

3

一个姑娘肤白貌美，看起来很有灵气，这是优势，但若不用知识和思想填充灵魂，久而久之也会落为市井小民。

有一次，我在候机厅等航班时，看到对面坐着一位容颜姣好的女子。她打扮时尚，背着 LV 限量版包包，很拉风。

其他乘客都在吃零食、聊天，或者埋头玩手机，她却是个另类，大部分时间都在看书。看到精彩之处，她还会拿出笔记本摘录下来，那种学习态度真令人佩服。她本身就很漂亮，却还在孜孜不倦地充实着自己的灵魂。

雨果说："有了物质，那是生存；有了精神，那才是生活。"如果一个女子拥有漂亮的外表，却没有有趣的灵魂，那么，颜值也会变成空壳，失去该有的魅力。

女人在 30 岁之前的容颜是天生的，而 30 岁之后就是自己塑造的。不断学习，不断修心、沉淀，都会让一个女人由内而外散发出一股专属的气韵。这种气韵是别人抢不走的，也是一时半会儿无法炼出来的。

你虽然很美，还是要学习。一辈子很长，希望在有生之年你能过得有趣一点，把每一天都"浪费"得毫不可惜。

得体是女人最昂贵的面霜

1

冯唐写了一篇文章《如何避免成为一个油腻的中年男人》，在网络里迅速传播了开来。他认为，避免成为一个油腻大叔的第一步，就是戒肥胖、戒手串、戒往昔回忆。

很快，就有网友写了《如何避免成为一个肥腻的中年妇女》。一时间，"肥腻的中年妇女"成为女人口中的流行词，具体"症状"表现为：有肚子但爱紧身衣。美妆柜台忠实顾客，基本不买。烫发造型，一般一礼拜去理发店洗一次头。穿家居裤出门。丝袜配运动鞋，长裙卡骆驰。羊毛衫外披花色丝巾。保温杯普洱茶。热爱姐妹淘拼车或徒步。

我一条一条看下去，发现自己竟然大部分"躺枪"，难道肥腻的中年妇女就真的那么可怕吗？

衰老是自然规律，比如胸部下垂。至于皮肤粗糙加松弛，除了衰老之外，这是女人自身的问题——不注重保养，过早放弃"修复"自我形象。

这让我想起闺密诗雨发的一段牢骚。

诗雨搭乘地铁时碰到一名素质极差的中年妇女，她因为一个女孩子没有给自己让座就破口大骂，骂人家没素质，十几年的书白读了，应该早早结束学生生涯回家种地去。她越骂越离谱，最后竟然上升到了人身攻击。

女孩子委屈得哭了。这时，坐在女孩子旁边的一个男人开口了，他反问道："你不是老年人，也不是孕妇，更没有怀抱婴儿，人家小姑娘凭什么要给你让座？"

"吃饱了撑的，多管闲事。"中年妇女立即把枪口对准了那个男人。

男人没再多说什么，任凭中年妇女一通乱骂。

自始至终，诗雨就在一旁观察着中年妇女——她由于粉底液擦得太多，像是糊上了一层厚厚的面粉，在酷热的夏季，这看起来很是滑稽。她骂人的时候满口脏话，言语很是刻薄，简直就像泼妇。

后来，她的丈夫打来了电话，她的态度又像是面对仇人似的，把丈夫一顿臭骂。她骂人的时候没有一点形象，甚至唾沫星子都喷了出来。由于她的嘴唇上涂抹了大红色的口红，以致她用纸巾一擦，半个嘴角都晕染了。

至于后来的事情，诗雨到站后下车了没有再看到，但是那个女人的形象令她大跌眼镜，至今记忆犹新。

从上面的这段小插曲中可以看出，油腻的中年并不可怕，可怕的是油腻的思想观念，以及永远学不到的得体。

2

形象设计师黑玛亚说过："有一件事比漂亮更重要，那就是得体。"

电影《澄沙之味》里，老太太德江曾身患麻风病，一直住在隔离区。治好了病之后，有一天，老太太看到一家铜锣烧专卖店的招聘广告，便带着自己熬制的豆馅去登门拜访，希望店长可以录用她。

店长本想敷衍一下老太太，将她打发走，可在尝过豆馅后发现特别好吃。于是，老太太成为铜锣烧专卖店的一员，随着她的加入，这家小店也热闹了起来。

直到有一天，老板娘告诉店长老太太曾经患过麻风病，加上小店的经营状况也不容乐观，店长被逼做出了决定——开除老太太。不久后，老人便过世了。

在剧中，这位老太太小时候得了麻风病就被家人抛弃了，住在隔离区。尽管这样，她也是非常乐观自信，言谈举止都很得体。

她被病痛折磨过，也经历过油腻的中年，一生未曾得到过温暖。然而，她并没有因此而变得刻薄、无情，刁难身边的人。她的嘴角总挂满笑容，像是樱花盛开的样子。她讲话也很温柔，在做美食时她会与植物对话，用温柔的眼神对待它们。

3

岁月不饶人，在时间面前，任何人都会衰老。但是，岁月的摧残无法让一个女人沦落到没教养甚至不得体，如果是这样，那才是一个女人的悲哀。

对，你已经到了油腻的中年妇女阶段，这是自然规律，你无法左右。但是，你可以好好吃饭，好好锻炼，好好说话，抓住时间的尾巴，精致地过好每一天。

无论你过往的伤痛有多么大，或者熬过了多少苦日子，或者你的婚姻多么不幸、孩子多么不省心，过去的就让它成为回忆，不要再去触碰，也不要再去观望。余下的岁月里，你要学着慈悲、宽容，得体、精致，就像刘嘉玲说的那样："得体是女人最昂贵的面霜。"

得体是装不出来的，它是由时间和阅历沉淀而来的。但是，自身的得体足可以打败年轻的肉体，而一个女人最大的成功就是抵御岁月的袭击——油腻的中年并不可怕，可怕的是粗糙地老去，过早地放弃自己的人生。

怎样才能优雅地老去呢？

好好工作，用心生活。愿你脸上的每一道皱纹里都有岁月的赏赐——丰富的阅历，善良和慈悲，温柔和纯真。这样，即使油腻，你也是得体的。

那就先定一个小目标

1

王健林曾说："先定一个小目标，比如挣它一个亿。"当时，这句话在网上炸开了锅，还成为年度十大流行语之一。当然，这句话也鼓励了一些人，让他们燃起了斗志、充满了干劲，从过去的无所事事变成满脑子有想法的人。

果然，你定出一个小目标后，每天都会向它看齐，每天都会努力一点点、进步一点点，一不小心目标就实现了。

2

桐花特别爱看书，后来还在闹市区开了一家书吧。周末的时候，我也会去她的书吧里看书。

那天，桐花愁眉不展地坐在吧台上，身边放着一本未开封的书。显然，她想看那本书，但一直没有打开。她是被最近的营业额打击了，因为进店的顾客虽然多，但大多数人只是坐下来看书，并不会点饮品。

随后，桐花终于想出了一个可以增加书吧气氛的活动，那就是每周举行一次文艺沙龙，找些各行各业的大咖们来此进行分享。几场分享活动下来，书吧里的人气渐渐旺了起来，饮品开始供不应求。

看着每天上升的营业额，桐花高兴得合不拢嘴。她说，以前她总幻想书吧一天的生意有多火爆，看书的人都占满了座位，但那种实际上营业额不多的画面令她很失望。

如今，她给自己的书吧定了一个小目标，每周能举行一次文艺沙龙。一天里有那么多人光顾，渴了可以点饮品，饿了可以点茶点，在这里能快乐地看书。

对桐花来说，这才是最为踏实的进步。每天多有一个人看书，多卖出一份饮品、茶点，她都会觉得自己在慢慢地实现梦想，在向她之前定的小目标靠拢。

3

记着有一回，我看一位当红女明星的采访视频，她思路清晰地说了自己的一些小目标。

她的专业并非是表演，但她热爱表演。她的学历并不高，成了北漂后，为了能跟表演沾上边，她一边打工，一边学习表演。

她请不起老师，只好买来经典影片的 DVD 下班后躲在出租屋里观看。她会把经典台词抄在本子上，闲暇时按着台词练习表演。

就这样，两年过去了，她的表演水平还是毫无起色。最后，她辞掉了工作，找了份在影视公司打杂的工作。她开始发传单、贴海报、当水军，有时还会客串群众演员。

她给自己定的小目标是，每周看一部经典电影，每个月看一部经典电视剧，一年读 24 本优秀的书籍。

她没有多余的钱去健身房锻炼，只好每天早起一个小时进行晨跑。她也没有多余的钱在外面用餐，只能参照菜谱自己做饭。烤面包、酿酸奶、做咖喱鸡饭、炖牛肉，凡是吃过她做的美食的朋友，都觉得特别好吃。

等到第三年的时候，她被一位导演相中，出演了一部电影的女五号。那是一部女人戏，之前由于她看了大量以女性为视角的经典电影，三年的积累让她的演技在这部戏里爆发了，风头一下子盖过了女二号和女三号。

过了两年，她收到一个剧组的邀请，让她演剧中的女一号。这部剧之后，她彻底红了，身价翻了又翻，知名度一下子提升了，人生简直开挂了，迅速火爆荧屏成为现象级女神。

4

先定一个小目标，你才会一点一点地向着它走下去。

就像我的好友桐花，如果她每天都在想些不可能实现的事情，即使想破了脑袋，她也未必会想出个所以然来。

再如那位女明星，如果她遭遇过窘迫后就放弃了自己，那她这一生恐怕也与影视梦无缘了。为了心中的梦，无数个深夜她啃台词，对着镜子练习欢笑、哭泣等情绪。

也许她吃过的苦比常人多，走过的路比常人坎坷，但是在向目标靠近的时候，她的内心异常雀跃，因为她看到前面的成功在等待着她。

其实，很多人都是在利用业余时间做自己喜欢的事情。这样一来，很多学习、进步都是碎片化的。因为，你一天要处理的事情那么多，根本不会有大量时间去做喜欢的事情。

那些成功的人，就是因为先给自己定了一个小目标，当慢慢地靠近目标时才有了无穷的动力。当然，也有些人心比天高、命比纸薄，他们设立的目标太高远，与自己的实力不匹配，最终导致竹篮打水一场空。

桐花和那位女明星所确定的目标，都是在自己的能力范围之内的，日积月累之后，量变最终引起质变，她们才获得了成功。

所以说，没有小目标的积累，就不会有自信和阅历。有了自信和阅历，才会爬到人生的巅峰，插上胜利的旗帜。

先给自己定一个小目标吧，比如每天读几页书、写几篇文章、跑多少步，哪怕进一寸就会有一寸的欢喜。起点和终点都在你的脚下，而成功就藏在你的小目标里。

请让一切顺其自然，别问能收获什么

1

德国诗人赫尔曼的《桃花盛开》中写道："灵感也像桃花，每天成千上百地绽放。"

在短片《指甲刀人魔》中，一直生活在夏威夷的 Sean 善良单纯，直到前女友出轨，才使他对爱情产生了怀疑。这时，古灵精怪的 Emily 出现在他的生命里并告诉他，她是个指甲刀人魔，只能以指甲刀为食。

Sean 难以置信，但是 Emily 的出现让他很欢喜。于是，他做出了一个大胆的决定，支持 Emily 并为指甲刀人魔们开一家餐厅。在这一段感情中，Sean 并没有问自己能收获什么，而是让它顺其自然地发展了下去，即使日后以悲剧收场，他的立场也毫不动摇。

对 Sean 来说，珍惜眼前的幸福，享受眼前的美好时光，比什么都来得实在。

2

朋友未未喜欢涉猎新奇的事物，凡有新事物出现，她都会踊跃尝试，久而久之，她掌握了大量的技能，领导分派给她的任务自己都能一手搞定。

领导很赏识未未，每年的"先进个人员工"几乎都被她承包了。当然，她也退缩过。有时候，她觉得自己辛苦地工作，只是在为他人作嫁衣裳。她委屈、不甘，也在心里质问过自己：这一切到底值不值？

最后，想通了的未未辞掉工作，跑到英国读书去了。后来，她对时尚产生了浓厚的兴趣，并挤进了那个行业。

再见到未未时，她已经成为一名顶尖的服装设计师。她说，她感谢曾经那个不服输的自己、肯努力用功的自己——正因那些年的努力，她才拥有了今天的一切。

没有伞的孩子，必须学会努力奔跑。

另一个朋友菁菁是个慵懒的人，她在一家杂志社上班。在单位里，她只做分内之事，哪怕是简单的校对工作，她也要等专人来做。平时呢，她又不上进，也不充电学习，同样是策划选题，同事策划的销量就很好，而她策划的市场效果很一般。

她干这个不会，干那个也不行——其实，很多事情都很简单，她只是不想做罢了。对她来说，多干一份活就像割她身上的肉一样。她没有激情，也没有勇气，甚至连一点眼力见儿都没有。

3

未未和菁菁是截然不同的两种人，她们的命运自然也不相同。前者拥有自己的价值观和梦想，为了实现目标可以不懈努力；后者懒惰、事多，加上又无任何特长，结果自然被炒鱿鱼了，一生庸庸碌碌，没有作为。

人生如棋，落子无悔。生活在这个世界上，很多事情都是不公平的，不管发生了什么，你都要欣然接受，对自己负责，而非懊恼。

你无须对自己感到抱歉，岁月漫长，你要一步一步地走好，因为稍不注意就会走到悬崖边，掉下去摔个粉身碎骨。

每个人的世界里都充满鸟语花香，诗情画意。有些人能享受成功的喜悦、爱情的甜蜜，也能承担生活的磨难；而有些人一生平淡，没有惊心动魄的经历，对他们来说，有食物和归宿就好。

在未未和菁菁之间，相信大多数人都喜欢未未，觉得

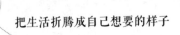

她能掌握自己的命运，过自己想要的人生。

有句话说得好："我不想谋生，我想生活。"无论你是男人还是女人，都请维持一份愉快的心情，学会感恩，将脸朝向有光的地方前行。

要记住，不该发生的总会发生，该发生的从不缺席。你要怀着一颗赤子之心，让一切都顺其自然，即使结局不完美也要微笑着接纳。遭遇了厄运，你要坚强去面对，这样一觉醒来，厄运就会过去，阳光会洒满你的全身。

第 四 章

你处于最好的姿态才会有好运

性格决定命运，这真是一碗热气腾腾的鸡汤

你认真生活的样子，真美

在绝望中寻找希望

我们不要在劳累中忘了取悦自己

吃吃喝喝也挺好，干吗努力找罪受

不要轻易向这个世界投降

我们只能努力去爱

一个人若想混得如鱼得水，好的人际关系必不可少

你处于最好的姿态才会有好运

性格决定命运，这真是一碗热气腾腾的鸡汤

1

威廉·詹姆士说："播下一个行动，你将收获一种习惯；播下一种习惯，你将收获一种性格；播下一种性格，你将收获一种命运。"

看杂志的时候，我看到一则关于 J. P. 摩根的采访。

记者问摩根："决定你成功的条件是什么？"

"性格。"摩根不假思索地说。

记者又问："资本和资金，哪个更为重要？"

"资本比资金重要，但是最重要的还是性格。"摩根再次陈述了自己的观点。

从一代大师摩根的这一段对话中，不难看出性格对一个人成功的影响有多么大，甚至还会影响到人生的每一个方面，包括工作、婚恋、为人处世等。好的性格能改变人的生活，也能改变人的命运。

电视剧《欢乐颂》里，华尔街归来的安迪，头脑灵活，

能力超众，算是活脱脱的白富美。她唯一的心结就是无法摆脱童年的阴影，这让她痛苦不堪。幼年的经历导致她的性格显得孤傲，在谈婚论嫁时多多少少受到了干扰，无法好好享受甜蜜的爱情。

在这个世界上，有种人一直生活在过去。若过去的时光对他造成了心理阴影，他就会无限地放大过去，让自己沉浸在过去中无法自拔，难以释怀。久而久之，他会变得敏感多疑，缺乏安全感，不相信任何人，最终导致一生的命运坎坷。

当年，华盛顿大学的 350 名学生有幸请来世界巨富沃沦·巴菲特和比尔·盖茨演讲。学生们问道："你们是怎么变得比上帝还富有的？"

巴菲特是怎么回答的呢？他说："这个问题非常简单，原因不在智商。为什么聪明人会做一些阻碍自己发挥全部工效的事情呢？原因在于习惯、性格和脾气。"

对于巴菲特的回答，比尔·盖茨表示赞同。因此，从他们的观点中可以看出，一个人的性格会影响到他的命运——这就如古代的暴君，他们执政的时间往往不会长久。

无论是在工作中，还是在生活中，都是性格决定命运。性格温柔的妻子一定会得到丈夫长久的爱，性格温柔的母亲也会培养出优秀的孩子。

心理咨询师素黑说："性格决定命运你都懂，可你还在不断发问：为何我无法突破？为何别人都比我做得好？答案：要看你到底做了什么，不屑做什么，懒得去做什么，不敢做什么，羞于做什么。"

我非常喜欢素黑说的这段话，意思是人的性格其实可以培养。培养好的习惯、兴趣爱好并长久地坚持下去，你一定能改变自己的性格，也能改变自己的命运。

2

电视剧《天泪传奇之凤凰无双》里，世家千金缪芊芊被夫君顾清鸿谋害，举家上下120多口全部人头落地。

缪芊芊的大哥缪明鹄侥幸逃掉了，而缪芊芊受了顾清鸿的致命一箭，跌入寒江被睿王所救。之后，她忍辱负重，改名聂无双。在被最爱的人所射的那一箭的疤痕处，她文了一朵艳丽的花，遮挡起了伤心往事。

让记忆倒退，缪芊芊幼时落水，得到仙女的搭救，宝石落到了她身上；年少的她是缪家千金，集万千宠爱于一身，爹娘和哥哥都十分疼爱她，她的童年过得格外快乐。在那个有爱的家庭中，她慢慢地长大，出落得亭亭玉立，也渐渐培养出了良好的性格。后来她虽然身在兰国，但皇上的宠幸于她而言无足轻重——没有更好，她也不强求。

芸妃说："皇帝喜欢肚子里有墨水的女子，我就是靠这点抓住皇上的心。"

殊不知，聂无双给太后抄经时，太后发现她的字很娟秀；太后又问她先王的诗作如何时，她也答得滴水不露。

正是聂无双好的性格——聪慧、勇敢、笃定，让她散发出耀眼的光芒，也让皇帝对她倚重有加。

我曾在知乎上看到这样一段话：一条路，左边是熊掌，右边是鱼。喜欢熊掌的人选了熊掌，喜欢鱼的人选了鱼。他们各自上路，走得远了再回头看，不同路上的人就有各自不同的命运。

人随时随地都在做选择，性格决定你会选哪条路去走，而你在路上经历的一切，最后又会塑造你的性格。所以，人的命运就是一路选择出来的。

3

想起一个朋友默默，她的父母均是工薪族，每月拿着固定的薪水。她的童年虽然没有限量版的玩具，倒也衣食无忧。但在她读高中时，父亲突然患病去世了，母亲所在的企业也倒闭了，只好去学校做清洁工，而那所学校正好是自己就读的地方。

同学们的冷嘲热讽让默默无地自容，她觉得生在这样穷酸的家庭里不但影响了自己的前途，还让自己在同学面前抬不起头来。

一天晚上，她与母亲谈了一次话。她想让母亲换个地方去工作，但母亲坚决不肯。母亲的态度很明确，父亲已去了天堂，而自己就剩她一个亲人了，就想陪着她读完高中。

母亲说这些话时，眼角有泪花，声音是哽咽的。默默听完后，心里也酸酸的。

高考后，录取分数线下来了，默默只考上了二本。母亲想让她复读一年再考，可她坚决不从，要去外地上大学。

出身寒门，条件不优越，默默只能勤工俭学，靠着微薄的报酬解决一日三餐。那时，她封闭了自己的心，不与人来往——满腔的委屈、满脑子的理想，她都写在了日记里。周末，她会去泡图书馆，因此读了大量的书。

毕业后，她进入一家国企工作。这家企业有内刊，她就写稿投给内刊，最终凭借出色的文字功底写了大量的专栏稿。此后，向她约稿的刊物越来越多，而她的每篇文章都成了爆款。随后，她出版了几本书，赚的稿费顶她几年的工资。

4

西班牙文豪塞万提斯说："每个人的命运都是由自己的性格决定的。"性格决定命运，这话用在默默身上一点也不假。

性格的决定作用，无非分先天和后天。你的生物基础决定了你先天的性格，可是你的家庭环境、教育背景、经历甚至选择，决定了你后天的性格。然而，这一切都不是你自己可以选择的，你唯一能选择的就是通过后大的努力改变现状，让自己生活得越来越好。

所以说，无论优秀还是平庸都与性格挂钩，成功和失败也都与性格密切相关。性格决定着一个人的一生，能左右你的命运，因此，拥有好的性格你才能收获成功。

性格决定命运，这真是一碗热气腾腾的鸡汤。喝了它，我们就会懂得：习惯和努力可以改变性格，而性格可以决定自己的命运。

我们唯一能做的就是努力学习，提升自己，给予自己良好的精神食粮，让自己过上美好的生活。

你认真生活的样子，真美

1

电影《这个杀手不太冷》里有一段经典对白是这样的——玛蒂达问里昂："生活是否永远艰辛，还是仅仅童年才如此？"

里昂回答："总是如此。"

2

橘子租住在一处老小区的某单元顶层六楼，那里没有电梯。冬天暖气不热，还得安装一个电暖器；夏天没有空调，热得直冒汗，睡在凉席上都感觉要烤成铁板烧。

两年前，她生了宝宝，但是孩子出生后体质较虚弱，三天两头就要往医院跑。橘子被孩子的病情和经济状况折磨得都变了样，不但人瘦了一大圈，还开始大把大把地掉头发。但是，那时候，橘子并没有因为这些而抱怨，她总

< 130 >

是开朗地说，只要努力，一切会好起来的。我们都为她的自信和好心态所折服。

今年开春，橘子生了二胎，算是儿女双全了。再去看她时，她从楼梯房搬进了电梯房，住的是三室一厅。这套新房子装修精致，是橘子夫妇按揭买的，他们还在同一单元给婆婆按揭了一套两室一厅的房子，婆婆对此很满意。

"终于缓过劲儿了，日子也好起来了。"橘子说罢，眼里闪烁着泪光。

在最艰难的时候，橘子总是给自己打气，终于渡过难关赢来了好日子。每个人都会遇到坎坷，都要走一段被生活折磨甚至抛弃的路。那段路犹如在刀尖上行走，满身伤痕，鲜血直流。反过来说，那段路也是通往美好生活的必经之路。

结婚五年以来，橘子跟老公、婆婆没有闹过别扭，老公对橘子疼爱有加，婆婆对橘子甚至比自己的女儿还亲。

婆婆丧偶多年，但被橘子照顾得无微不至。从结婚到现在，她从不参与小两口的生活，并且经常对儿子说，要好好对自己的媳妇，媳妇说什么都是对的。

二胎出生后，橘子一个人忙不过来，就请了保姆帮忙照看。婆婆年纪大了，偶尔也会陪孩子玩。

他们夫妻俩在同一家公司上班，橘子还是老公的上司。

这难免会有诸多不便，上班时他们是上司和下属，下班后他们是夫妻。但是，橘子并没有因为自己是老公的上司而显得高人一等，老公也并没有因为自己是老婆的下属而显得低人一等。他们两人相互信任，相互搀扶，共同努力，在工作和生活中配合得天衣无缝，所有的工资及额外收入也都会共同支配。

不得不说，橘子是个很拼的女子，她一步一步地爬上如今的职位，一步一步地走到现在，收获爱情，生育儿女，完全是自己努力的结果。"这些年唯一欠缺的东西就是睡眠啊。我很想给自己放个长假，好好睡一觉。"想到这些年的忙碌，橘子感叹道。

其实，我们都能看出，橘子是先苦后甜。

从跟橘子的对话中我明白了，她现在所拥有的一切都是靠自己和老公同甘共苦得来的。没有他人的援助，也没有他人的支持，他们风雨同舟，一路搀扶着走到了现在，一起打拼到了想要的一切。

那一刻，我觉得橘子真美——她努力生活的样子，美得让人赏心悦目。

亦舒在《直到海枯石烂》里写道："做人凡事要静：静静地来，静静地去，静静努力，静静收获，切记喧哗。失意时要静最难，少不了牢骚抱怨；成功时静更难，人人喜夸口炫耀。"

任何人的成功都不是一蹴而就的，而是长年累月通过奋斗得来的。

我们身边那些过得好的人，表面上看似很幸运，像是上帝的宠儿，背地里却付出了很多心血。他们在残酷的现实中连滚带爬地打拼，在生活的泥沼里不断地挣扎，方才尝到了努力付出之后得到的甜头。

3

就像橘子一样，表面上住在豪华装修的电梯房里，背后付出的却是勤奋工作，在业余时间还要帮朋友的忙赚取佣金，以及花钱请保姆照看孩子的代价。

没有拼命的付出，哪来丰厚的收获？在这个世界上，收获和付出是等价的，比如在别人仪式感较强的生活里，除了他个人的幸运之外，其余因素皆是合理的计划，毫不保留的付出和努力。

生活总是很艰辛，有时艰辛到让你怀疑自己的能力——自己有没有真本事，有没有解决困难的能力？自己是不是浪费了大好青春，以致错过了最美好的奋斗年纪？

电视剧《我的前半生》里的罗子君，作为陈太太的时候，我觉得她就是个腐女。一开始，她把全职太太做到了资深的程度，身穿锦衣华服，生活看似光鲜亮丽。所以，当丈夫陈俊生突然提出离婚，她的人生跌到了谷底，一下子失去了方向感。

但是，当生活给她扒了层皮之后，也赏给了她一身骨气。她从零开始自我成长，后来脱胎换骨，回归到了最初那个努力的状态之中。这时候，我发现罗子君认真生活的样子真美。

是的，女人认真生活的样子最美。

在绝望中寻找希望

1

"在哪里存在，就在哪里绽放，不要因为难过就忘了散发芳香。"读到渡边和子的这句话时，我被她的镇定自若所感染。

我的朋友粉粉好不容易碰到了一个可以共度一生的人，他们彼此喜欢，志趣相投，有共同的人生目标。他们第一次见面就确定了恋爱关系，觉得彼此就是对方想要找的人。于是，两个人交往了半年后，男友带粉粉见了家人。

第一次见家长并不愉快，因为男友的家人不喜欢粉粉。无论男友怎么跟父母沟通，父母死活都不同意儿子与粉粉交往。可是，粉粉和男友彼此都深爱着对方，在这个物欲横流的社会里，这是一件多么难得的事情。

粉粉认为男友顾家，工作上进，没有不良嗜好，并且对她无比关爱，支持她所有的兴趣爱好，令她有种被人捧在手心里的感觉。其实，作为恋爱中的女人，粉粉在男友跟前就想活得小鸟依人那样。

而男友认为粉粉有个性，从事着一份悠闲的工作。下班后，她可以搞搞自己的文艺事业，读读书，看看电影，写专栏换取稿费。周末的时候，除了打扫卫生，她还会烤面包、煲汤、浇花，做很多有趣的事情。

好的，他们就这样相遇、相恋了，但横在他们中间的是父母筑起的一面墙。男友每天下班后就跟父母交涉，弄得精疲力竭。然后，他告诉粉粉交谈的结果不容乐观。

粉粉很伤心，眼看着自己和男友就要被他的父母活活拆散了，于是决定做点什么。一天，粉粉壮了壮胆子，买了些礼品去拜访男友的父母。

男友的父亲已经退休了，话不多，对生活的要求不高，完全可以忽略不计。至于男友的母亲，为人热情，喜欢事事自己做主，有那么几分女当家的味道。

当时，男友的父母正在看电视，他们大概也没料到粉粉会来拜访。粉粉表明来意，委婉地提醒男友的母亲不该阻挡她和男友相爱。

粉粉的潜台词是：阿姨，我们很相爱，认为彼此就是自己要找的另一半。只要找到彼此，我们才能成为一个圆，找不到彼此就永远是个半圆。阿姨，如果您觉得我们门不当户不对，或者认为我十指不沾阳春水、不懂礼仪，那么您误会我了。我绝对下得了厨房，进得了厅堂，请您成全我们。

然后，粉粉帮男友的母亲收拾厨房，陪她聊天，给她分析一些生活中的问题。半天沟通下来，老太太发现自己并不那么讨厌粉粉，就打开心扉接纳了粉粉，觉得自己从前看到的是表象而不是实质。到了晚上，粉粉要回去，老太太执意要她住下来，说天黑不安全。

粉粉知道，她打了一场漂亮的胜仗。她还给老太太送了一套护肤品。礼轻情意重，这些细节让老太太对她好感倍增。

后来，粉粉和男友结婚了。当时，很多人都觉得他俩的事会黄了，谁让粉粉遇到了个难缠的婆婆呢，结果半路上他们还是搭上了开往幸福的列车。因为，粉粉不甘心，她没有放弃自己。

在绝望的时候，粉粉如果没有心存希望，那么，她结婚的对象也就不是那个愿意照顾她的好男人了。或许，她会就此跟一个自己不爱的人结婚，将就着过日子。

2

那年夏天，我去长白山旅行。天空中飘着小雨，滴滴答答。巴士上的所有旅客都觉得今天估计会白跑一趟，走到半山腰就会被大雨挡住。于是，很多人都打消了看天池的念头，暗自神伤。

大家都租了棉服穿在身上，但是到了长白山的半山腰，小雨竟然奇迹般地停了。远处的太阳公公露出了脸，对着旅客们微笑。只不过，长白山上的雾依旧很大，根本看不清前方。

导游解释说："之前，有的旅客去了三次长白山都没有看到天池。所以，能看见天池的概率不大，希望大家做好心理准备。"

可是，我偏不信邪。我好不容易从遥远的西北来到东北，只为看一眼天池，天池会这么不给我面子吗？

眺望天池，奇山奇石围绕着它，根本看不清它的样子。当雾一点点散去，它露出了一半，像半面镜子，这时我看到了一点蓝色的水波。直到最后，所有的雾都散去，整个天池出现在我的脚下，我才看到了它的整个模样。

那是一个蓝色的湖泊，湖水清蓝无比，颇为壮观。

我欣喜若狂，心情也格外地敞亮。在最失望的时候，我竟然目睹了天池的风采。我想，那是内心的一股力量把我引到了这儿，安静、不急躁地等待着希望的降临。

又有一次，我去乡下拜访一位老先生。与老先生深谈到半夜后，我就住在了他的家里。结果，第二天下起了鹅毛大雪，封锁了返城的路。我一直站在大雪里等车，足足等了四个小时，其间冻得我瑟瑟发抖。就在我绝望的时候，一辆黑色的小车在我面前停了下来。

我感恩戴德地上了车，然后发现车主竟然是朋友 X 的弟弟。

3

就如李元胜的诗一样："满目的花草，生活应该像它们一样美好／一样无意义，像被虚度的电影。"

在你绝望的时候，希望正在悄悄地降临。任何时候都不要绝望，心存希望去努力一搏，你就会轻易地改变结局。在你绝望的时候，千万不能去抱怨，等待着死神的宣判，那时最重要的是保持心静，不慌不忙，于从容中守候那份美好。

电影《重返 20 岁》里的插曲唱道："不要伤心 / 不要灰心 / 是命运教会我的事情 / 苦难到虚脱的绝境 / 会被时间酿成微甜的回忆。"

所以，即使身处绝境也不要绝望，不要去死守结果——要想办法去挑战自己，再去冒一次险，就算最后的结果比之前更令人绝望，你也要心存希望。

人生永远不会一帆风顺，永远有得有失。悲去喜来，绝望过后，希望就会到来，努力永远是人生的一段奇妙旅程。

在绝望中寻找希望，就如在饥饿的时候看到一块被人丢弃的面包，毫不犹豫地把它捡过来填充饥肠辘辘的肚子。人家丢弃的面包并不是关键，关键是你要放下面子，因为，此刻你比任何时候都需要充饥的食物。

我们不要在劳累中忘了取悦自己

1

电视剧《亲爱的翻译官》里，乔菲考进了高翻院，在魔鬼训练实习中，她不小心感冒了，惹来程家阳的责骂。最后，通过不懈的努力，乔菲得到了程家阳的肯定。

不管在任何时候，你有多么劳累，你都不能忘了取悦自己。

假如你因为没有照顾好自己而错过了一次重要的会议，错过了一个重要的合作项目，错过了一场重要的缘分，将会产生怎样的结果？你有没有认真想过这个问题？

如果损失惨重，你就会背负不起——果真到了那个地步，你也会无法原谅自己。这是因为，你会知道是自己粗心了，没有照顾好双方，才害得自己错失了那样的良机。

所以，必要时你要拿出点阿Q精神来，不管忙或闲，你都要对自己温柔、贴心，这才是一生的福报。

2

朋友阿玲到我家来做客，我以自己最热情的方式迎接了她，给她泡老白茶、端水果，晚饭还给她做了我最拿手的东乡土豆片、凉拌苦苦菜和炸酱面。然后，我带她参观了我所珍藏的好书和好茶——好书自然多于好茶。

阿玲看到好书好茶，给了我 32 个赞。她坚持要参观我的衣柜，忽然之间，我感到了不开心和委屈。因为，我的衣服少得可怜，可怜到连一件牛仔裤都要穿好久。

阿玲是个小富婆，一个月挣的工资全拿来买衣服了。文艺范儿、精英范儿、少女范儿，各种风格她都尝试，光是尚未拆掉牌子的衣服她就有很多，所以我的衣柜与她的比起来，简直就是小巫见大巫。

当时，我在心里产生了一个疑问：难道我不爱自己吗？难道我在劳累中已经忘记了取悦自己吗？

生活中的无数个小片段从眼前闪过，那并不是我买不起衣服，而是因为太忙了没时间去买。

刚结婚那会儿，我每天的生活焦点除了单位就是家，后来，很多朋友说我结婚后跟大家玩起了失踪。但是，只有我自己清楚到底是怎么回事。

结婚一个月后，家中的老人生病了，先生在出差，而我要照顾老人，又要应对洗衣做饭等生活琐事，还要应付各种人情世故，忙自己的工作。一旦有了闲暇时间，我还会去写专栏。

可是，那段时间，我满脑子都在挂念着老人的病情，打开电脑，实在写不出一个字，许久之后又会重新关闭。我安慰自己或许是词穷了，于是看书充电。但一拿起书本，还是无法集中注意力。

还有，以前经常参加的各种文艺沙龙，我也很少去了。

心中有事，做任何事都没有功效。我知道，那时候我的状态就是忙碌、焦虑，而且无法疏散，让它们都积累在了心里，成为我的负担。换言之，我没有好好爱自己，没有好好照顾自己的情绪，让自己钻了牛角尖。

渐渐地，我没有之前的那种激情了，整个人变成了一潭死水，几天写不出一篇文章来。

因为太忙，我甚至没时间打扮自己，在忙碌中忘了取悦自己。时间一长，我觉得自己的生活缺少了仪式感，显得粗糙、无聊。加上那时候我太累，对生活产生了深深的失望，连唯一的兴趣爱好都丢到一边去了。

太劳累，加上没打理好自己的精神，我很快就对生活失去了热忱，变成不修边幅、破罐子破摔的人。我的生活重心一下子偏了。

我就那样自暴自弃了一段时间，所幸后来经过调整，慢慢恢复到了之前的状态。而我的朋友 Z，却一直在劳累中给自己的生活"锦上添花"——无论多忙碌，她都不会忘记打扮自己，给自己做顿好饭。

Z 在一家外企工作，每天都特别忙，加上经常陪客户吃饭，长时间下来，她觉得肠胃严重不适。于是，她每天晚上会炖排骨汤，分别装进小杯里放进冰箱。做晚饭的时候，即使只是煮面条，她也要喝一杯排骨汤。

她每晚回家后还要写策划书，但她知道，健康是实现梦想的根基。

3

你不要在劳累中忘了取悦自己，不管多忙碌，你一定要好好照顾自己的身体；不管多辛苦、多困难，你也一定要丰盈自己的精神。

有人说，做人最大的乐趣就是在混乱的人际关系中找准自己的位置，但我觉得，做人最大的乐趣就是不要在劳累中忘了取悦自己。

让每一天都有序地开始吧，记得要去做美丽的事情。

吃吃喝喝也挺好，干吗努力找罪受

1

电视剧《欢乐颂》热播的时候，很多人在追剧。

大家都喜欢绝顶聪明、要啥有啥的精英安迪，但是我比较喜欢那个从最基层做起还遇到过渣男白主管的邱莹莹。对，我觉得她很接地气。

当曲筱绡送给邱莹莹高级巧克力时，她就立刻忘掉了对曲筱绡的不满。

因白主管一事被辞退后，邱莹莹四处碰壁，找了份最不起眼的"卖咖啡"的工作，但她买回一份蛋糕还不忘与好朋友分享。尽管最后没有人陪她一起庆祝，她独自吃完了蛋糕，还不忘记说一句鼓励自己的话。

在邱莹莹的世界里，快乐来得快，痛苦去得也快，即使心情乱七八糟，她也不忘记吃吃喝喝。她最难过的时候，别人怎么安慰她都不起作用，但当樊胜美给她买了她最爱吃的糕点时，她立马满血复活了。

邱莹莹的人生态度很简单，既然有很多事情足以让她快乐，那么她一定不会让不快乐的事情来困扰自己。她不会跟自己过不去，不会亏待自己。

2

几天前，朋友妹妹跟老公吵了一架。

对妹妹来说，这次并不是严格意义上的吵架，顶多是七年之痒——心中所积的小矛盾爆发了而已。于是，她跟老公冷战了几天。其间，老公说了她不爱听的狠话，冷战的硝烟顿时升腾了起来。

那时，我跟妹妹一起吃饭。她说，每当难过或心情不好的时候，出来吃一顿自己喜欢的美食，先前的不快就会烟消云散。

妹妹如此，我亦如此。

我曾经也为一点鸡毛蒜皮的小事跟不相干的人吵过一架。那次，我真是气糊涂了，吵架的画面经常会在我脑海里回放，而那三天我几乎没怎么吃饭。我真的很痛苦，痛苦得想放弃一切。

吵完架后，我和对方两败俱伤。她患了严重的感冒，我也感冒了许久。冲动真的是魔鬼，后来我理清思路，好

第四章 你处于最好的姿态才会有好运 ☆

145

好想了想，当初要是压制心中的怒火，那么自己会不会好受点？

自那件事情之后，我知道了一个道理：任何事都要拎得清，才能冷暖自知。

3

闺密小薰是典型的工作狂，周末约她出去聚会或看电影，她都会以工作为理由拒绝。她给很多人的印象就是老实、木讷，虽然她拥有高学历，但是在她身上显示不出来——别人的技能在关键时刻可以充当绿叶，甚至也可以充当红花，但小薰偏偏不行。

很多时候，小薰太四平八稳了，敬业得令人有点反感。这种不爱惜自己的敬业简直就是"做作"——工作完成了，领导也不要求你加班，你为什么还要窝在不见光的办公室里呢？那些工作是无用功，领导肯定会推翻的。

周末，领导不要求我们加班，自己又按时完成了工作量，那么，我们何必要窝在办公室里发霉呢？跟朋友一起出去散心、爬山、看电影，或者报个感兴趣的爱好班，比如弹钢琴、陶艺、游泳、茶道、烘焙，这样不是更好吗？

人生就是吃吃喝喝一路走下去的，不是伤春悲秋，不是顾影自怜，不是踟蹰彷徨。你没必要为一些莫须有的荣誉而绞尽脑汁，自己给自己找罪受。活在当下，珍惜眼前，管理好自己的生活才最重要。

即使外部环境很乱，但心一定要平静。记着，绝对不要给自己找罪受，只有傻瓜才会虐待自己。

你不是傻瓜，就请好好爱自己。

不要轻易向这个世界投降

1

以前，沙丁鱼在运输的过程中死亡率极高。但若在沙丁鱼中放入一条鲇鱼，情况就会发生意想不到的改变——沙丁鱼的成活率会大大提高。

原来，鲇鱼到了一个陌生的环境后，性情急躁的它就会四处游来游去。对安静的沙丁鱼来说，这无疑起到了打扰的作用，因为发现身边多了一个生龙活虎的异己分子，它们自然会神经紧张，不得不加速游动。

这样，沙丁鱼缺氧的问题迎刃而解，它们的成活率也就提高了。这就是著名的"鲇鱼效应"。

2

电视剧《克拉恋人》中的胖女孩米朵足足有270斤，但她有一个珠宝设计师的梦想，可不管她怎么努力都没人承认她、肯定她。同事们总是嘲笑她的肥胖和笨拙，不过钻石公司的老总箫亮却给了她鼓励，这让自卑的她感动得一塌糊涂。

有一回，箫亮喝醉酒后碰到了米朵，单纯的她送他去了酒店，结果被他羞辱了一番。

第二天，米朵被辞退了。她再也看不到人生的希望了，在悲痛欲绝的情况下，她意外地出了车祸，面部皮肤被玻璃扎得血肉模糊。无奈之下，她只好做了整容手术。但没想到的是，新的皮囊给予了她很多展示自己的机会，她终于赢得人生，实现了梦想。

阿贝是我的一个朋友，为人诚实，文艺青年，也算半个才子。但因为肥胖的缘故，他的一双眼睛眯成了一条线，很不美观。

大学毕业后，阿贝就去石油公司上班了。那家石油公司在荒原里，人烟稀少，他在那里度过了几年。

阿贝喜欢上了一个姑娘，那姑娘弹得一手好吉他。阿贝追了她好久，她才以自己备胎的形式跟阿贝交往。阿贝跟她交往了三年，但一个更好的男人出现后，阿贝就被刷了下来。

阿贝备受打击，自此把塑造形体放到了第一位。后来，他给我发了他的原始照片和减肥后的照片——我一看，简直判若两人。

决定减肥后的阿贝，每天听着音乐在跑步机上挥汗如雨。我觉得，那一刻他帅极了——以前他比较臃肿，整个人都不精神，如今他魅力十足。

他说："我们要变得更好，当我们足够好了，才能遇见更好的人。"

3

我跟阿贝有过同样的经历，也因为肥胖被人拒绝过。面对我所喜欢的那个人，我度过了一段自卑的时光，看不到希望，看不到未来。我只能远远地看着他的背影消失在我的眼前——他穿黑色风衣的那个背影，成为现在我唯一能回想起来的画面。

张爱玲说："在人生的路上，有一条路每个人都非走不可，那就是年轻时候的弯路。不摔跟头，不碰壁，不碰个头破血流，怎能炼出钢筋铁骨，怎能长大呢？"

因此，年轻时的我们总会遇到各种各样的阻碍，走很多的弯路。我们在生活中或许吃了很多苦头，在感情中或许走得跌跌撞撞——在合适的地方遇不到合适的人，在对的时间里遇到错的人。

一段不被祝福的感情会很快结束，也会很快被人遗忘。但是，你不能轻易地向这个世界投降。尽管我们对前途一片迷茫，但要相信，每一次失败都是一次深刻的教训。

人生不需要在乎别人的看法，只需要做好分内之事。

有时候你会觉得上天不公平，有些人一生下来就是白富美，有些人却是矮矬穷；有些人含着金钥匙长大，有些人只能独自面对人生。虽然出身不能选择，但要走的路可以选择。

既然你没有华丽的背景，那么就靠自己的努力去拥有一切吧。可可·香奈尔说："与其在意别人的背弃和不善，不如经营自己的尊严和美好。"

这个世界从来不会辜负每一个努力的人，你努力的样子很美，那样的生活才最真实。

我们只能努力去爱

1

北岛说："那时我们有梦，关于文字，关于爱情，关于穿越世界的旅行，如今深夜饮酒，杯子碰到一起都是梦破碎的声音。"

我去参加一场文化沙龙，那次的主持人是一位大学教授，他从文字结构的角度去讲述了爱情、友情、亲情。"性，人之阳气、性善者也。""情，人之阴气有欲者也。"

教授讲述了自己的情感经历，说自己的两任女友皆因自己事业心太强而选择了分手。其实，她们都很优秀，他最终也明白了妥协和珍惜的意义，就祝她们幸福了。

那天，参加文化沙龙的每个人都讲述了自己的故事，关于吃货、备胎、漫长的思念以及相亲问卷什么的。

这个世界要多好就有多好，要多坏就有多坏。于是，就有了一位女教师"世界那么大，我想去看看"的辞职信。但情况往往是，你怀揣着理想和信仰一路高歌的时候，未必能看到胜利的曙光，就如王尔德所说："我们都生活在阴沟里，但仍有人仰望星空。"

我们只能努力去掌控自己的时间，降低自己的要求，告诫自己要做内心强大的人，自己能搞定的事情用不着去麻烦别人，不给别人制造相应的困扰或压力。

有一天下午三点的时候，定西市临洮县发生了 4.5 级地震，省城也有震感。那时候，我在埋头工作，只是感觉桌子摇了一下，以为是谁不小心碰的。但当同事说地震了，紧接着，楼里楼外一片喧哗。甚至，朋友圈瞬间也被地震的消息刷爆了。

原来，自然灾难来临的时候并不可怕，真正让人恐惧的是事后那种不淡定的状态。看吧，4.5 级地震被朋友圈刷得好像成了 8 级地震。

我一直在想，那一刻如果真正的大地震来临，高楼大厦顷刻倒塌，而我又找不到安全出口，只能找个小角落躲起来，便会侥幸地认为自己是个有福祉的姑娘。

后来，我搜集了很多各种关于地震来临时如何逃生的资料，罢了，原来我也怕死，还不想离开这个世界。庆幸的是，父母还健在，生活幸福得平静如水，我的心灵深处一直很富足，懂得感恩生命，感念生活。

2

我看过一个小短片《雇佣人生》，主人公是一个秃头的中年男人。

清晨的铃声一响，那个中年男人就极不情愿地关掉闹铃，起身洗漱。他的房间里特别奇怪，灯、梳妆台、餐桌、椅子都由他人来担任——他穿衣时有人会给他递衣服，他喝水时有人会给他递水。但那些人表情僵硬，没有一点欢愉。重点在于，那些被雇用的人毫无怨言，组成了冷酷世界的重要一部分。

社会真的是一盘棋局，而我们都是不同的棋子。除了身体、毛发和灵魂是自己的以外，我们再也没有什么可值得骄傲的东西。

或许，爱情会突然来临，但也会突然离去；友情会生根发芽，但有一天也会干旱而死；亲情会不断繁衍着，但有一天他们的背影会从你的世界里慢慢消失。最后，我们到底还能剩下什么？

不过是自己的身体和灵魂，还好，那是自己的财富。

大千世界里，我们无能为力的事情有很多，纵使这样，我们也要坚强地去面对。用心经营恋情，用心对待朋友，用心努力工作，用心去看风景，为未来需要用心的事情铺好路。

身体和灵魂总有一个在路上。当这样去想的时候，我才明白，身处这个社会，有时候自己会很无奈，很迷茫。

尽管这样，我们也要好好去爱，努力去爱，用心在这个世界上立足。死去的恋情不再缅怀，失去的友情不再追忆，给索然无味的生活增点调味剂，给寡淡的人生增点情趣。

山本文绪在《一切的一切，都交给时间吧》一书中写道："温泉很棒，但一直待下去也会很厌烦，为了偶尔的休息，温泉才有存在的价值。"

3

一个好朋友从齐齐哈尔到北京奋斗，生活过得一直不如意。她说，生活就像一盘散沙，经济又很拮据，连自始至终认为最靠谱的感情最终也成了指尖的流沙，有时候她想死的心都有。

我回她："人人都很累，人人都向往好生活。可是，有些人很幸运，一下子站在了云端俯瞰大地。然而，大多数人生活在地上，抬头才能仰望蓝天。我们只能去热爱，只能去努力，只能去奋斗。"

电影《幸福来敲门》里，为了养儿子四处挣钱的那个男人，饱尝了人情冷暖。还好，他有个好儿子，懂得理解自己，就是跟自己在地铁的公厕里睡，一句怨言都没有。

剧中的儿子愿意理解父亲，陪着父亲一起在岁月的浪潮中寻找最初的希望。而父亲则忍气吞声，毫不迟疑地咽下了命运给予他的最后恩赐。"不经历风雨，怎么见彩虹"，只有这样安慰自己，他的心里才能有一丝平衡和欣慰。

我们只能努力去爱、去生活，去珍惜身边一切温暖的事物，把它们收藏在内心深处。因为，这一秒你好好的，下一秒说不定就会发生意外——明天和意外，哪个先来谁也无法预料。这就如同电影《银翼杀手》中所说的一样："所有这些时刻，终将流逝在时光中，一如眼泪消失在雨中。"

我们只能用热情去对抗这个冷漠的世界，就算自己是被世界遗弃的小丑，也要面带微笑，踮起脚尖翩翩起舞。要相信，一切苦难到来时，天使都会出面帮你解决。

愿你平安喜乐，一切都好。

一个人若想混得如鱼得水，好的人际关系必不可少

1

读完《巴菲特幕后智囊：查理·芒格传》后，我被查理·芒格的投资理念和智慧深深地震撼了。这个幽默的老头非常低调，对自己很是严苛，却时不时地会赞美自己的黄金搭档——沃伦·巴菲特。

论成就，查理·芒格十分突出，属于了不起的人物，并被人们尊敬和爱戴。然而，在他的眼里，自己的这一切功劳皆归于巴菲特——他对自己的搭档赞许有加。

查理·芒格接受一家媒体的专访时，曾滔滔不绝地夸了一番巴菲特，比如："在过去近50年的投资长跑中，他始终表现出超人的聪颖和年轻人般的活力。"

而巴菲特则这样评价查理·芒格："当他在商业上越来越有经验的时候，他发现运用小却实用的方法来规避风险。"

这一对投资上的铁兄弟，当年一见如故，彼此欣赏。

查理·芒格借助他在其他领域获得的经验和技巧，在房地产开发与建筑事业上屡有斩获。而这时的巴菲特正在筹措自己的基金，与芒格早已不是单纯的合作关系了。

两人相遇时，巴菲特29岁，查理·芒格34岁。正值大好年华，两个有思想的年轻人碰出了火花，成为彼此生命中最重要的合作伙伴。

在过去的45年里，查理·芒格和巴菲特联手创造了有史以来最优秀的投资记录——伯克希尔·哈撒韦公司股票账面价值以平均20.3%的复合收益率创造了投资神话，每股股票的价格从19美元升至84487美元。

查理·芒格曾经在一次演讲中说："在手里拿着铁锤的人看来，世界就像一颗钉子。"查理·芒格和巴菲特成功的最大原因，就是他们拥有投资和经商的头脑。除此之外，他们还抓住了一项最重要的东西，那就是人际关系。这种人与人在相互交往的过程中所形成的心理关系，无疑是他们成功的催化剂。

人生在世，想要过得愉快，就要处理好两个基本关系，一个是与物的关系，一个是与人的关系。

一枝独秀不是春，百花齐放春满园。只有懂得与人友好相处的人才能成事，你要学会用他人的长处弥补自己的短处，这样你也就拥有了领袖的素质。人际关系需要储存，就像银行存款一样，存款越多，存期越长，红利就越大。

查理·芒格与巴菲特相处的时候，他们两个人像朋友、师生、亲人，甚至是领导与下属。他们一直用欣赏的眼光看待对方，不觉得自己比对方优秀，也不觉得对方比自己差劲。他们信任、理解、认同彼此，因此建立了长久的合作关系。

这是一种很难得的人际关系。

2

在现实生活中，良好的人际关系可以说是人生的刚需，也是一个人事业成功的重要条件之一。

美国卡内基-梅隆大学曾对上万的个人档案进行分析后，惊奇地发现，智慧、专门技术和经验只占成功因素的15%，其余的85%决定于人际关系。

据说，戴尔·卡内基走访了近百位成功人士，得出了这样一条公式：个人成功=15%的专业技能+85%的人际关系和处世技巧。

可见，人际关系对于人们的事业有多重要。所以，无论你从事什么职业，如果没有良好的人际关系和正确的处世技巧，你将很难实现事业上的成功。

< 158 >

好的人际关系是从对方身上吸取力量，增强信心，这样在交流时就会达到共鸣；反之，就会互相牵制，互相攻击，甚至互相拆台。不良的人际关系会令人产生冷漠、嫉妒、猜疑、苦闷等情绪，给人带来痛苦。

一个人如果在良好的人际关系中工作，那么工作起来肯定会非常得心应手，不怕苦和累，也会充满激情。反之，一个人如果在压抑的工作环境中工作，再加上人际关系不和谐，那么他肯定会产生叛逆心理，也会对工作感到厌恶。

好的人际关系可以为你的工作锦上添花，也可以为你带来更多的好运。

但是，建立人际关系不是一件简单的事情，你要一点一点地付出，要用格局和气场打动别人，这样才能让别人心甘情愿地支持你，你才能源源不断地得到财富。

安东尼·罗宾说："人生最大的财富便是人脉，因为它能为你开启所需能力的每一道门，让你不断地成长，不断地贡献社会。"

一个人若想混得如鱼得水，好的人际关系必不可少。

你处于最好的姿态才会有好运

1

先看一个问题：如果你只有 50 元，你会拿它干什么？

我会去买一束百合，并把它插进花瓶里，放到餐桌上。

也许你会说百合花期很短，半个月后就枯萎了，这种做法简直就是浪费金钱。可是，四溢的百合花香我会享受到，并由此体会到甜蜜的感恩。

当我闻到花香的那一刻，百合已经悄然走进我的生命中，并给我留下极为美好的印象，甚至难以抹去。它的盛放、枯萎，让我明白了一个道理：生命短暂，要好好珍惜明媚的时光，而不是去浪费。

当然，也有人会说，这种做法很奢侈，很作。

反过来说，在那个极为困难的时期，抉择特别重要。即使是在拮据的生活中，我还是会做出与之前一样的决定。生活需要仪式感，有些生活在仪式感浓厚的情况下会慢慢改善，这个过程是对人生的认知，是对生命的感悟。

下面，我要讲一个小故事。

冰冰和先生共同打拼了多年，两个人最后坐拥千万资产。先生随着应酬的增多，加上一些其他的原因，回家的次数越来越少。

冰冰像个怨妇，越来越难以忍受先生对自己的疏离。甚至，她跟孩子沟通起来也不是很理想。

后来，她觉得要调整自己的生活习惯，就去学了插花。路过花店的时候，她总会买一束鲜花回来，亲手把它们插进花瓶里，让整个屋子飘满花香。这样，家越来越温馨了。而在侍弄花草的过程中，她的心态也越来越好了。

半个月后，先生回家拿文件时发现了冰冰的变化，以及家里的香气和那种温馨的感觉，他被深深地震撼了。从那之后，他又开始留恋家的幸福了，夫妻俩的感情也好了很多。没事时，他都会按时回家，享受一家人在一起的点滴时光。

所以说，一个女人多学点有品位的兴趣爱好是好事。

3

杨澜说："一个女人的气质是读书熏出来的，一个女人的灵性是音乐听出来的，一个女人的智慧是环境打造出来的，一个女人的美是投资时间和金钱保养出来的，一个女人的健康是自己珍惜出来的。"

每个人都是赤裸裸地来，赤裸裸地走。女人是装饰世界的，男人是欣赏世界的，而当一个女人的世界不再精彩，她的男人就会去欣赏别的女人。

聪明的女人都会投资自己，她们会学习感兴趣的事情。在学习的过程中，她们的视野开阔了，事情本身也给她们加了分。

所以，当你迷茫、自卑的时候，可以学习一门对你有帮助的课程，这是让自己光彩照人，变得越来越好的最佳途径。

电视剧《28岁未成年》里，凉夏把自己调试到了最优秀的状态，热爱生活，努力工作，控制体重，最终收获了完美的人生。所以说，只有当自己处于一个最好的姿态，你才会交好运。

第 五 章

如果全世界都靠不住，就靠自己

从来没有不劳而获的美丽

愿梦想每天把你叫醒

那个用爱托住你的男人还在吗

愿你变成热爱烹饪的可爱女人

别问生活给了你什么，要问自己付出过什么

说话的态度会决定你的人生

你样样都好，可是你不是他

一辈子很长，不如温暖、有趣地过

从来没有不劳而获的美丽

1

电影《芳华》里的萧穗子，在文工团中不但能歌善舞，而且还会办板报。长期下来，她积累了一大笔可贵的经验。

萧穗子文笔不错，因一次偶然的机会，她被抽调到前线当战地记者，采写战争报道。后来，战争结束，她成为一名真正的记者，靠一支笔驰骋天下，为自己的人生开疆扩土。

萧穗子的人生特别美丽，但她美丽人生的前提是，她一直在朝着美丽的道路走。纵观电影中的几个花季少女，我觉得她的人生最美好。

2

有一次，桃子请大伙儿吃饭，大伙儿惊讶于她的改变——三年未见，她仿佛变了个人似的。她的颜值不但逆生长，气质也越来越好，整个人开了挂似的一路飙升。

　　毕业后，桃子嫁给了一个穷小子，要什么没什么。当时，由于父母反对，公婆出不上力，她的日子过得很是寒酸——一件棉衣，冬天时桃子寸步不离地穿在身上。那件棉衣她穿了五六年，洗了穿，穿了洗。她从来不买化妆品，脸上顶多抹点孩子的润肤露。她这种穷苦的日子曾被一位同事嘲笑，她为此伤了自尊。

　　面对生活的残酷，桃子强忍着泪水，有时候她很想吃几片安眠药结束自己年轻的生命——可看着孩子那肉嘟嘟的小脸，她终究狠不下心。好在老公虽然没有人本事，但对她温柔体贴，知冷知热的。

　　老公和孩子激发了桃子的潜能，让她有了活下去的勇气。

　　孩子一岁以后，桃子就去上班了，在一家商场做服装导购。虽然这个职业不被人尊重，也没有价值感，但销售业绩好提成就高——当时，桃子最缺的就是钱。

　　做了两年导购后，她果断辞职了。接着，她在繁华地段加盟了品牌服装店，之前的那些客户也跟着过来了——因为，她曾经的贴心服务让客户很满意。直到现在，每次客户买了衣服，桃子还会给他们手写一张卡片，告诉他们正确的洗涤方法。

在好生意的背后，皆是桃子的用心经营和努力。

人生从来没有不劳而获的美丽，很多时候都是自己一点一滴用努力换来的。那些身材姣好、谈吐不凡的女子，必定在修炼自己的路上付出了不计其数的时间和精力。

3

饭局上，大伙儿都问桃子："你为什么要那么拼？"桃子说："我努力赚钱的理由是：年轻时，不拖累生你的人；年老时，不拖累你生的人。"

其实，桃子的这个回答不是重点，重点在于：她一直在努力改善自己的生活，让自己往更好的方向发展。

大千世界里，没钱的人只能过低配的生活，有钱的人可以定期"投资"自己，比如进美容院、出国旅行，或者约好友喝下午茶，饭后跟爱人小酌一杯。

然而，对桃子来说，当时这些都难以实现。纵使她有浪漫的情怀，但经济条件不容许她这样做。只有当经济宽裕、财务自由，她不再为生活发愁，不再为一日三餐而担心时，她的苦日子也就过去了。

由于每天都要跟客户打交道，所以桃子也要打扮自己，树立一个榜样。如今，桃子摇身一变，显出了十足的御姐范儿，穿着、品位、谈吐都上升了一个层次。

三年的时间里，桃子按揭了一套复式楼，把孩子送到了国际幼儿园上学，自己还买了一辆轿车。每年，她都会带着老公和孩子去国外旅游，定期去美容院做保养。她还报了舞蹈班学拉丁舞，而老公是自己的舞伴。

4

马伊琍在一次采访中说："如果你还没结婚，听我的，先挣钱。如果你已经结了婚没孩子，听我的，先挣钱。如果你既结了婚又有孩子但还年轻，听我的，还是得挣钱。特别是女人，挣钱是独立，也是资本。"

在这个世界里，女人不能太穷，经济独立才是她的底气。

天上不会掉馅饼，拥有美丽的生活之前，桃子是吃过苦、流过汗，为生活弯过腰、发过愁的。现在，桃子滴下的汗水、流下的泪水、咽下的委屈，练就成了独一无二的她。

人生，从来没有不劳而获的美丽，那些付出和努力，终究会让你散发出绚丽的光彩，给自己带来好运。

愿梦想每天把你叫醒

1

电影《解忧杂货店》里，小城音乐人秦朗执着于音乐，视音乐为自己一生的梦想。他在北京闯荡，但他的音乐无人喜欢，甚至在录音棚录歌时还被录音人嘲笑。于是，他很烦恼，纠结于要不要坚持自己的梦想。

他把烦恼和迷茫写进信里，丢进了解忧杂货店的信箱里。然后，他在店后面的牛奶箱里取得了回信。

回到老家，秦朗想接手父亲的工作，但患病的父亲死活不让他丢弃自己的梦想。他再次回到北京，来到"彩虹之家"为孩子们唱歌。在孩子们的掌声中，他找到了温暖和肯定。这首歌叫《重生》。

这时，有个叫张维维的女孩很喜欢秦朗的歌。直到"彩虹之家"发生火灾，秦朗为了救张维维而献出了宝贵的生命。后来，张维维长大成人，站在镁光灯闪烁的舞台上，她流着泪唱《重生》，纪念了她的救命恩人秦朗。

在电影中，秦朗是个有梦想的人，虽然他的结局是个悲剧，但留下了经典歌曲《重生》。这首歌也让他当初救下的女孩后来红透了半边天，成为万众瞩目的巨星。

梦想是价值连城的东西，人若没梦想，就如一杯白开水，寡淡无味；人若有梦想，全身上下时刻都会散发出为梦想而努力拼搏的劲儿。

2

好朋友西瓜最近满脸愁容，因为公司执行了新的考勤制度，一天需要打卡四次，迟到一次扣 10 元，两次扣 20 元，以此类推。对于有拖延症的西瓜来说，这种制度简直变态到令她作呕。

埋怨归埋怨，西瓜每天还是照常起床，洗漱，挤公交车，在公司楼底下吃早餐。然后争分夺秒，迅速乘坐电梯，搞得跟打仗一样。

可恶的是，有一次西瓜只是迟到了一分钟，第二天立刻就贴出了她的告示，这不但气人，还很丢人。

西瓜到公司的第一件事情，就是赶紧站在卡机前刷指纹。但是，这种考勤制度持续了一段时间后，西瓜迟到的次数越来越多了。

执行考勤的大姐气得不行，她语重心长地对西瓜说："西瓜，大姐求你了，每天早点来公司吧，整个公司就你迟到的次数最多，搞得好像我在故意整你似的。"

西瓜很平静地回答："没事，大姐，该扣的你就扣，该贴的你就贴。反正我拥有了'迟到大王'的绰号，已经是死猪不怕开水烫，不怕多迟到几次。"

被西瓜这么一说，执行考勤的大姐就气鼓鼓地关上了办公室的门。

后来，西瓜的打卡时间做了调整，她可以推迟一个小时。可是，她依然半个月内迟到了五次，一下子被扣除了150元，这相当于一周的早餐不翼而飞了。令西瓜最难过的是，她迟到五次的事传到了老板的耳朵里，老板找她单独谈了一次话。

西瓜紧张得不敢看老板的眼睛，一直低着头，像个做错了事的孩子。老板并没有问西瓜为什么迟到，而是交给了她一个项目。

为了能做好这个项目，西瓜晚上会早早入睡，什么热播网剧、枕边书、流行音乐，统统搁在了一边。她重新定了闹铃，每天早晨六点半准时起床。令人难以置信的是，这个月每天她会在闹铃的叫声中准时醒来，不再拖延，适应了打卡制度和工作时间，居然拿到了全勤奖。

< 170 >

老板交给西瓜的是个大项目，她若完成得出色，将会有七八万元的提成。有了这笔可观的收入，她就可以出国旅行了。

对"起床困难户"的西瓜来说，以前要依靠闹铃才能勉强起床，速度还极其缓慢，迟到也是家常便饭。自从接了大项目，她的心中有了期望之后，每天不用闹铃叫也能自觉地醒来。

如今，西瓜再也不用闹铃叫了，只要睁开眼，她就能迅速起床，把自己收拾干净，精力充沛地去上班。之后，她再也没有迟到过，并且工作都能出色地完成——这是她的优点，要不然老板也不会器重她。

西瓜一直有个周游世界的梦想，但是实现梦想需要金钱的支撑。为此，她必须努力挣钱。否则，这个梦想就是纸上谈兵，一辈子也实现不了。

不久之后，西瓜负责的大项目漂亮地完成了，赢得了合作方的高度赞扬。她不仅给公司带来了巨大的利润，也让老板脸上有光。

老板满面春风地对西瓜说："西瓜呀，你做得很漂亮，我没看错你。你想要什么直接说，我会满足你的一切要求。"

西瓜不假思索地说："这段时间我天天加班，希望您给我特批一个假期，让我彻底地放松一下，出去散散心，也充充电。"

老板直接说："这事没问题，准了。年轻人嘛，就要时刻学习，也要出去走走，这样才能看到外面精彩的世界，让眼光开阔起来。"

第二天，西瓜的提成就到了自己的卡里，接着她参加了欧洲游的旅行团，实现了自己出国旅行的梦想。

后来的每一天里，西瓜都会认真工作，努力经营与合作方的关系，尽量给对方提供优质的服务。她负责的每一个项目，自己都会亲力亲为，久而久之，对方对她的工作能力很满意，也很信赖她的人品。

西瓜从之前的"起床困难户"变得越来越自律，越来越努力。以前，她的梦想总是在沉睡阶段，连闹铃都叫不醒。现在，她被梦想叫醒，睁开眼的第一件事，就是给自己加油打气，勇往直前，坚持到底。

当你拥有了梦想，且不说实现与否，至少自己在追梦的过程中是充满激情的。在人生的舞台上，亮着无数灯光，愿你站在梦想那一盏灯的正中央，发出耀眼的光芒。然后，不忘初心，一路前行。

女人为什么要自信？这就是最好的答案。

3

看《前任 3：再见前任》的时候，我注意到一个细节：男主角孟云和女主角林佳相爱五年，最后却因一点小事而分手。分手之后，两个人明明很想念对方，但因性格使然，他们都不再联系对方。

林佳出国旅游，意在告诉孟云：没有你在身边，我可以活得很好。而孟云去酒吧买醉，本以为两个人能打开心结，却因彼此都骄傲，谁也没有先开口道歉。这最终导致他们的感情越走越远，连仅存的美好回忆都变成了一道道伤痕。

孟云和林佳相爱五年，感情早已经进入倦怠期。一个为了事业，不顾另一个的感受；而另一个只知道拼命付出，却不知道提升自己，于是导致差距越来越大。

影片中最令人感慨的是，孟云竟然越来越优秀，而林佳却越来越不自信。当年轻美貌的王梓出现在林佳面前时，林佳瞬间泄了气，她觉得王梓全身上下都散发着蓬勃的朝气——那么年轻，那么自信，而自己竟然就这样无情地老去了。

其实，影片中林佳最大的敌人不是年轻美貌的王梓，而是不自信的自己。一个女人一旦不自信，就会胡思乱想，就会觉得高攀了对方。从另一个层面上讲，她会怀疑自己的能力，也会怀疑对方的爱是不是与之前一样。

在这个看颜值的圈子里，美貌有时可以抵得住千军万马，但在关键时刻，自信比美貌更重要。一个女子若没有自信，就算是拥有国色天香的容颜，也会沦为怨妇。

可可·香奈儿说："生活不曾取悦于我，所以我创造了自己的生活。与其在意别人的背弃和不善，不如经营自己的尊严和美好。"林佳式的女人只有不断地突破自己、提升自己，让自己变得强大才能迈出自信的第一步，成为一个有内涵的女人。

4

在一次自媒体大会上，我遇到了一个姑娘叫珍妮。她今年37岁，已经算是"齐天大剩"级别的了，但是，从她的脸上你看不到任何的焦虑和担忧，反而是一脸的自信和优雅。

珍妮毕业于外国语学院，早年一直在新加坡工作。后来，她辞掉了新加坡的工作，回国投身于互联网大军中。对毫无经验的她来说，这份新工作很难，因为一切都要从零开始。但这份新工作又充满了挑战，珍妮干得不亦乐乎。

在职场上，她可以呼风唤雨，感情上却是一片空白——她很久没谈恋爱了。

七年前，珍妮谈了一个男朋友。他们很相爱，但因两个人门不当户不对，男友的父母强烈地反对珍妮做他们的儿媳妇。随着男友回国相亲，这段感情也就画上了句号。

当男友向珍妮提出分手时，珍妮问："为什么要分手？"

"我父母说你来自单亲家庭，性格会有缺陷。他们要的儿媳妇得来自健全的原生家庭，并且不希望女方的父母拖累他们。"男友回答。

在那一刻，珍妮才看清楚眼前的这个男人。当初说好的真爱，早已经不翼而飞，剩下的只是一地的伤痕和无奈。

"我同意分手，再见。"珍妮说完这句话，头也没回地离开了。

珍妮从新加坡回来后，前男友已经跟父母介绍的富二代女孩结婚了，婚后虽然育有一女，但是并不幸福。前男友曾经企图与珍妮重修旧好，但她果断地拒绝了。

珍妮曾经全身心地投入到前男友的情感世界里，而他不知道珍惜，反而像妈宝男一样泼了她一身冷水，然后只留下个无情的背影。受伤的珍妮躲在角落里，双臂抱紧自己的头独自取暖。当她的伤痕渐渐成为过去，被泼了冷水的衣服也晾干，令她伤心难过的男人再次出现后，她躲得远远的，连多看一眼都觉得浪费时间。

这段难忘的背叛经历时刻提醒着珍妮，自此她不敢再谈恋爱，只能用工作来麻痹自己。当然，她也会积极地参加各种聚会，学习各种新技能。

几年下来，珍妮早已经在职场上混得如鱼得水。这种状况也让她容光焕发，干什么事都充满激情，最终收获满满。与她一起工作过的人，都觉得她工作能力强，也好相处。

38岁那年，珍妮遇到了生命中的另一半。小应高高的、帅帅的，在澳洲念的大学，目前是澳洲某公司驻中国的区域经理。

珍妮与小应交往三个月后，在澳洲举行了隆重的婚礼。作为新娘的珍妮一脸自信，特别美。不久之后，她和小应的儿子出生了，小应更把他俩当心肝宝贝了。

从珍妮的身上不难看出，她在成为"齐天大剩"后还能拥有甜蜜的爱情、完美的婚姻和家庭，都是因为她对自己充满了自信。

若一个女人自信了，上帝都会来帮她，为她扫除一切挡住通往美好生活道路的障碍，带给她幸福。

女人为什么要自信？因为，你若自信，一切伤痛都会痊愈，一切美好都会降临。

那个用爱托住你的男人还在吗

1

电影《无问西东》一上映，我就去买了一张票，贡献了两行清泪，事后为王敏佳和陈鹏感人的爱情故事黯然神伤。

电影中的王敏佳，因看不惯师母经常殴打自己的老师，写了一封匿名信警告师母。师母却因她"一逗到底"的字迹找到了她，诬陷她勾引了自己的丈夫。至此，王敏佳因虚荣而撒的谎，以及偷医院其他护士报告的事都浮出了水面，这让她受到了惩罚，被辱骂、批斗，甚至被为了前程着想的李想而背弃，让她一个人背黑锅。

当陈鹏赶到时，王敏佳被打成了重伤，奄奄一息。但后来陈鹏亲手替她挖坟墓时，天空下起了大雨，她竟然苏醒了。随后，陈鹏跟她深情告白，用他的爱托住了她。

影片的结尾，王敏佳去陈鹏所在的地方寻他。她说："陈鹏，上一次我以为我死了，可我醒来时看到的是你，是你的爱托住了我。这一次换我来找你，去照顾你。"

作为女人，王敏佳无疑是幸运的。在人生的低谷，名誉受损，身体和精神饱受摧残时，她的身边还有个像陈鹏一样愿意用爱托住自己的男人，免她惊扰，免她苦寒，免她无人依靠。

2

早年看了《天龙八部》之后，我觉得天下最深情的男人莫过于乔峰。

误杀阿朱之后，乔峰发出感叹："我既误杀阿朱，此生终不再娶。阿朱就是阿朱，四海列国，千秋万载，就只一个阿朱。"当年，因为这句话，我对乔峰这个男人很是崇拜。他用爱托住了阿朱，可阿朱的命换来了他一生的遗憾。

研二时，朵亚爱上了一个学长。学长不但人长得帅气，连说话都带着魔性，朵亚瞬间成为他的迷妹。她费了好大的劲儿才打听到学长的喜好，比如周六爱去电影院看电影，周日爱去学校草地踢足球。

每到周六，朵亚会早早起床，到校门口的美妆店化一副韩系妆容，然后去学校附近的电影院看电影，只为制造跟学长偶遇的情节。

周日，朵亚会拿上书、带上笔，坐在学校草地上复习功课。当然，她只是在做样子，重点在于偷看学长踢足球的帅气模样。

学长是个情商很高的男人，很快他就洞察到了朵亚的小心思。随后，他答应与她交往，她简直比中了500万元的彩票还高兴。朵亚把这个好消息告诉了自己的异性朋友阿景，他嘴上祝福了她，心里却很难过，因为他一直暗恋着她。

朵亚和阿景在同一年级，只是专业不同。朵亚一直觉得阿景对自己的好仅仅出于友情，因为他们来自同一个城市，经常结伴一起回家，过生日或过节也会互相做伴，一起吃饭。

与学长交往的那段时间里，朵亚从来不会把她的不开心和失落告诉学长，而是会告诉阿景。阿景像个邻家兄长一样替她分担忧愁，安慰她。有时怕她一个人太难过，他还会在电话里给她唱歌，逗得她经常哈哈大笑。

后来的剧情很狗血，学长竟然与朵亚同宿舍的一个姐妹好上了。

那个姐妹貌美肤白，说话柔声细语的。她有一次挑战了朵亚的底线，直接在宿舍里向朵亚喊话："朵亚，今天学长给我送了鲜花，还带我吃了烛光晚餐，你说我该不该答应学长的告白？"

她得意扬扬地向朵亚炫耀着。朵亚听完这句话,如利剑扎在身上,疼得她一句话都说不出来,只能装出一副事不关己的样子。朵亚实在没办法忍受舍友秀恩爱,只好搬离宿舍。阿景在学校外面帮她租了一间房子。那段时间,幸亏有阿景的陪伴,否则朵亚早就崩溃了。

不久,学长带着舍友约朵亚在草场见面,他当着舍友的面向朵亚无情地提出了分手。一瞬间,朵亚仿佛被狠狠地扇了几个耳光,人感到一阵眩晕。

阿景及时出现在朵亚面前,用手搭在她的肩膀上,给予她支持和力量,一股暖流迅速传遍她的全身。阿景对学长说:“对不起啊,你的爱对朵亚来说不算什么,我才是那个真心真意爱她的人。”

学长和舍友愣在了那里,脸色很难看。原来,朵亚学习好,成绩很棒,奖学金经常“光顾”她,这导致舍友很嫉妒,就挖了她的墙脚。

后来,朵亚用了整整三个月才修复了自己凌乱的内心,而在这三个月里,阿景就是她的依靠。

3

朵亚比较粗枝大叶,阿景是个细心的男孩,两个人一搭配，倒也是天造地设的一对。

朵亚爱吃麻辣烫，阿景会走很远的路替她买来最好吃的麻辣烫；朵亚的嘴皮容易干燥，阿景便给她手工制作了绿茶润唇膏。只要是朵亚喜欢的，阿景都会想尽办法替她办到。

在朵亚失恋的那段时间里，阿景的贴心陪伴治愈了她的伤。后来，她考取了国外的交换生。为了朵亚，阿景也考取了国外的博士。

不管朵亚高兴也好，伤心也罢，阿景都是她最好的听众。当她掉入黑洞里，阿景会用自己的肩膀托住她，让她重见光明；当她被抛弃，恋情告吹时，阿景会出现在她身边，让她靠在自己的肩膀上，用爱温暖她。

4

其实，王敏佳和朵亚一样幸福。当她们伤心难过，掉入深渊时，身边都会有个男人无悔地用肩膀和爱托着她们，让她们不再害怕，不会觉得世界抛弃了她们。

一个女人遇到真爱不难，难的是遇到一个敢用爱托住她的男人。一个女人的幸运不在于遇到过多少爱情、拥抱过多少男人，而是自始至终有那么一个男人，愿意花毕生的精力和时间陪她到老，用他的爱浓浓地包围她。

　　一个聪明的女人往往不会去选择一个自己很爱，对方却不爱自己的男人，如果这样，那她百分之百会面临情伤的摧残和折磨。

　　那个用爱托住你的男人还在吗？若你回答还在，那么恭喜你，你是这个世界上最幸运的女人。

愿你变成热爱烹饪的可爱女人

1

　　有人说："烘焙的是面包，也是人生。我在哪儿揉面，就在哪儿蓬勃醒发，除了面包的麦香，还有人生的芬芳。"

　　面包是会呼吸的，烘焙的是心情，吃的是幸福。做一个烘焙达人，首先是拯救了自己，让自己有事可做，有事可恋。再者，就是带给家人味觉上的享受和精神上的美好。

　　每一个女人都应该有一个烘焙梦，因为那烤进去的是面包，烤出来的却是知足感。烘焙各式各样的蛋糕送给身边的人，也是一种快乐。

人的一生总要有点兴趣爱好，而烘焙就是个不错的选择。如果你热爱烘焙，每天可以烤一些给自己吃，给爱人吃，给家人吃，那也是一种小小的成就。没有什么能比看到家人的微笑更美好，家人是这个世界上最爱你的人，也是这个世界上你最爱的人。

蔡健雅是个歌手，也是烘焙达人，并且坚持练瑜伽好多年了。她唱歌的时候会全身心地投入，而休息的时候她会走进厨房，打开烤箱，沉浸在甜点的世界里，感受那份属于自己的快乐和宁静。甚至，她在甜点的世界里找到了自己的另一半，从此快乐地过着每一天。

2

我到好友小叶家做客，发现她家布置得很温馨。

小叶也特别喜欢烘焙，她烤的蔓越莓饼干特别好吃。下午茶时间，我们喝着红茶，吃着她亲手烤的茶点，谈天说地，感觉阳光如此温暖，岁月如此静好，而我们如此轻松、欢悦。

好友小希打来电话说，她最近也爱上了烘焙，觉得做糕点可以让自己静心。她结婚两年了，这两年里跟先生免不了吵吵闹闹，经常被气得半死。于是，她想找点事做，就从网上买来烤箱、面粉和工具，闲暇的时候就做糕点。

人一忙碌起来，自然就忘了一些不开心的事情。她刚开始做糕点时，按照网上的步骤自学。第一次做的曲奇饼干面团太干了，蔓越莓饼干蔓越莓太多了，奶油泡芙奶油太多了，而且还挤破了五个裱花袋。

一段时间之后，她烤出的曲奇饼干和吐司面包绝对不比蛋糕店里的差。于是，她越来越爱烘焙了，觉得在厨房里能获得精神的满足。当然，她与先生吵架的次数少了，先生对她也越来越体贴了。

有些事情现在不做，就一辈子也不会去做了，比如烘焙。你不走进厨房，不打开烤箱，不和面团，不对它产生浓烈的兴趣，那么，你就体会不到烘焙带给你的快乐。

或许，热爱烘焙并不能改变你的命运，但是你的那份喜欢以及它给你带来的快乐，肯定会让你精神愉悦。

3

电影《决战食神》里，打败食神的不是山珍海味，而是一碗热气腾腾的面条——每一位让人尊重的厨师，除了有人品，还有手中的美食。"匠人"不是简单的两个字，而是弯下腰做事的态度。

艺术是美的延续，味觉才是永恒的旋律。也许一开始你烤的面包卖相不好，或者火候太大烤焦了，不要紧，反正你也不是专业师傅。

当你心情不好的时候，那就走进厨房吧，打开烤箱，给自己烤两块吐司面包，蘸上果酱，夹上鸡蛋和黄瓜。然后，一口一口吃进肚子里，让味蕾记住你的欢悦，过滤你的低落和失望。

不过，你要记住，人肚子饿的时候容易心情不好，所以一定要好好吃饭。因为，快餐吃多了，总会对身体不好。

住久的时候，可以给自己做一顿饭，犒劳一下疲倦的自己。走进厨房，给自己下碗面条或者烤一块面包，泡上一壶茶，坐在阳光下，捧上一本书，感受时间慢下来的状态。

愿你变成热爱烹饪的可爱女人，能在受伤时治愈自己；在饥饿中，能给自己烤一块面包；在流泪时，能替自己擦去泪水；在成功时，能保持激情，不忘初心，继续前行。

别问生活给了你什么，要问自己付出过什么

1

百丈禅师说："心有所是，必有所非，若贵一物，则被一物惑。"

喜欢一个人或者一件东西的时候，我们就会太执着。这时候，我们往往会迷失自我，而一旦迷失了自我，痛苦就会不请自来。所以，那些原本不属于自己的东西，我们都要断舍离。

那天休息，我泡了一壶茶，捧了一本书坐在蒲团上。窗外绿意盎然，阳光洒进来，周身一片温暖。清闲无事，坐卧随心，不求锦衣玉食，只求粗衣淡食。喝两三杯茶，读几页书，闻着植物的气息，而茶香早已经传遍舌尖，进入身体的每一个角落。

能拥有如此朴素的时光，足矣。

曾读到这样一句话："女人，光鲜劲儿就那几年，以后拼的是道行而不只是脸蛋。"时光如白驹过隙，转眼之

间已走过了一大截。细数那些深深浅浅的脚印，有些痕迹一生都抹不掉，而有些痕迹轻轻一擦便干净了。偶尔会有大风大浪降临，倒也很快就会过去。

在这个物欲横流的社会里，我早就学会了看淡一切。

与自己独处，要能安安静静地坚持一项兴趣爱好，去看更多的风景，站在海边感受海浪的声音，站在湖边感受微风抚摸过脸颊的惬意，依偎在爱人的怀里聆听他心跳的声音，陪孩子画一个趣味盎然的春天，与二三知己坐在一起品茶……

这便是最好的生活，也是命运最好的馈赠。

2

我的身边有几个好友经常抱怨生活寡味至极，没有生机——每天重复着"三点一线"的生活：孩子、老公、单位。慢慢地，她们的精神世界倒塌，不再优雅，而是充满了危机和粗糙。

殊不知，女人只有当学会自爱、自强、自信、自我增值的时候，才是成熟的表现，你将会因此而获得更多的幸运。当内心坚定、英勇无畏地追求自己想要的东西并付出努力时，那扇梦想的窗子就被打开了，而窗外的世界将是一片鸟语花香。

看完电影《有完没完》后，我觉得范伟演活了老范这个中年男性的失意和困境。老范出生于愚人节，他也觉得自己的一生可能就是个笑话。

早年，老范和妻子离婚了，从此就跟儿子小范相依为命。在度过了一次倒霉的生日后，他似乎来到了人生的低谷，先是工作出纰漏被上司处罚，又在小范的美女班主任面前闹出了笑话。

他觉得自己的这一天悲催极了，可令人惊讶的是，他似乎跌入了时间的漏洞之中——他被困在这糟糕的一天，怎么也走不出来！不过，他并没有放弃，最后终于走出了时间的怪圈，回到了现实生活中。

人终有一老，或老而猥琐，或老而优雅。每一个优秀的人，都有一段失落的时光，在那段时光里，你要做到不抱怨、不诉苦，最后才能走出低谷，感动自己。

3

电视节目《朗读者》再次让董卿火了一把，人人都羡慕她的成绩，却忽略了她付出的努力。她的每一期开场白都让人惊叹，惊叹她读过的书、走过的路、看过的风景。

不问生活给过我们什么，只问自己付出过什么，因为幸运只会垂青那些有准备的人。

在这个世界上，能过好自己的小日子就是一种幸福——饿时，有一碗面；渴时，有一杯茶；冷时，有一件衣；痛时，有一个结实的肩膀；失落时，有一个温馨的家。

这便是人生最厚重的礼物，也是最大的福祉。

说话的态度会决定你的人生

1

蔡康永说："你怎么说话，就决定你是谁。"

一天，我去医院做检查，在交费时发现不能用手机支付。于是，我在导医台排队进行交费。

那天是星期二，看病的人摩肩接踵，交费的人排了长长的一行。排在我前面的一个女人30岁出头，穿着破旧，看样子来自农村。她要办理的业务是把就诊卡里的钱退出来，余额大约有3000元。

她先是去医院大厅里的交费窗口退钱，但是没人给她退。她便来到导医台，排了很久的队，好不容易轮到她了，年轻的女咨询员用同样的理由拒绝了她。

那女人显然有点生气，也有点着急，一个劲儿地解释自己要错过回家的火车了，家里还有八个月大的孩子等着她喂奶呢。旁边的人都被她的解释感动了，纷纷让她先办理，唯独那个咨询员依然对她不理不睬。

"为什么不退钱？"她忍不住问。

"我这儿没有钱，拿什么退给你？要不，你要了我的命吧！"咨询员轻蔑地说。

"麻烦你退给我吧，我家里真的有事。"她哀求道。

"退不了，到一边去，别挡着后面的人！"咨询员嚷道。那女人看了看咨询员，低声叹了叹气，默默地走了，背影孤单而落寞。很多排队的家属看到咨询员不尊重人的态度，小声地议论着，而她竟然丝毫不知耻，甚至觉得自己高人一等。

轮到我时，我递上了银行卡和就诊卡，说明了交费的目的，咨询员不情不愿地在就诊卡里充了钱。"下次，这种事到自助缴费机上办理，我们没时间做这么小儿科的事情。"她抱怨道。

"自助缴费机无法交费，所以我们才排队的，你以为谁愿意用热脸贴你的冷屁股？这么大个人，连尊重人的道理都不懂。"身后的男家属终于爆发了。

被人这么一说，咨询员乖乖地闭上了嘴。

这个态度极不好的咨询员一脸的戾气，感觉全世界都亏欠了她似的。她一整天都绷着脸，工作时发着牢骚，时不时地讥讽别人。然而，跟她一起工作的另一个女咨询员却笑意连连，耐心地为患者办理业务，认真地做着工作，得到了他人的尊重。

都说"良言一句三冬暖，恶语伤人六月寒"，态度在交际的过程中起着重要作用，同样的话从不同人的口中说出来，就会有不同的效果。恶劣的态度会让听者反感，好的态度则能让人如沐春风。

说话的态度体现了你的修养和气质，从某种意义上来说，你说话的态度会决定自己人生的命运。

很明显，那个说话态度好的咨询员比那个态度恶劣的咨询员更受欢迎，前程也是一片光明。在以后的人生道路中，前者一定会顺风顺水，支持她的人将会有很多；而后者，久而久之，她会亲手葬送自己的美好前程。

2

小热所在公司的后勤主管备受董事长信赖，虽然她职位不高，但工作态度认真，从来没有出过差错，更没有仗着自己是部门领导就对别人吆五喝六的。

公司里的同事都很喜欢她，还给她取了个绰号——"知心姐姐"。

知心姐姐很好相处，凡是到她那儿办事的同事，都说她工作细心，为人热情，对任何人说话都似春风拂脸，暖暖的。而跟知心姐姐形成鲜明对比的是人事主管，同事给她取了个绰号叫"冷面无情"。

有一回，公司里来了一个实习生，在办理业务时，他不小心写错了一组数据，被"冷面无情"臭骂了一顿。实习生只能悄悄地忍受她的责骂和刁难，事后躲在洗手间里哭了好长时间。

这个"冷面无情"除了对领导恭恭敬敬之外，其余的职员都被她刁难过。在公司里，每个人只要听到她的名字就会头皮发麻。可想而知，大家对她的印象有多糟糕。

假如一个人需要去知心姐姐或"冷面无情"那里盖章，恰好她们很忙，顾不上，两人的态度是截然不同的——知心姐姐会笑嘻嘻地说："亲，不好意思，现在盖不了，下午可以吗？""冷面无情"则会摆出一副别人欠她钱不还的样子，丢下一句："今天盖不了！"

公司里的人都很喜欢知心姐姐，见面总会跟她打招呼，时不时请她看电影、吃饭。而跟"冷面无情"打交道的人，都恨不得她赶紧辞职走人。

到了年底，全体员工票选公司的优秀主管，知心姐姐的票数最高，而"冷面无情"的票数几乎是零。"冷面无情"是个要面子的人，她自然受不了大家对她的这种态度，于是辞职走人了。同事们为这事还聚会庆祝了一番。

看吧，别小看了说话的态度，有时候这不但决定你的气质，还决定你人生发展的方向。如果那个"冷面无情"说话时客客气气，别动不动就为难人，也不会沦落到辞职的地步。

俗话说，"不会烧香得罪神，不会说话得罪人"。如果一个人态度恶劣，说话带刺，大家就会觉得他很差劲，甚至会讨厌他，不愿与他交往。

3

阿艺婚后跟公婆住在一起。

婆婆是个慢性子的人，阿艺是急性子的人，加上她性格直爽，有什么说什么，从不藏话，不知不觉中就把婆婆得罪了。于是，婆婆动不动就给她甩脸子，还在儿子跟前说她的坏话。

阿艺气得眉毛都快烧着了，但又不敢跟婆婆撕破脸皮——孩子还小，需要婆婆帮忙照看；再加上按揭了房和车，夫妻俩的薪水基本都还了贷款，家里的各项开支都是公婆出的，如果得罪了婆婆，以后就不好办了。

　　可是，阿艺和婆婆之间的微妙关系，令她很是难熬。

　　闺密小欧跟自己的婆婆相处得很好，为此，阿艺请教了她。她给阿艺支招，说想要处理好婆媳关系，双方就要保持一定的距离，永远客客气气的。

　　从那之后，阿艺在婆婆面前说话就客客气气的了。婆婆带了一天的孩子，明明孩子衣服上粘着饭粒，她还夸婆婆把孩子带得好。婆婆喜笑颜开，对她的态度也好了很多，做晚饭时还多炒了两个菜，都是她最爱吃的。

　　就这样，阿艺总结出经验，原来婆婆喜欢被人夸奖。此后，她说话再也不心直口快了，在婆婆面前，该说的她会说，不该说的她不会说。

　　阿艺说话的态度一改变，顿时婆媳相处得很融洽，家和万事兴。后来，婆婆经常在自己的朋友面前夸阿艺："我家儿媳妇可好啦，从没有跟我顶过嘴，对我说话笑嘻嘻的，还夸我做的饭色香味俱全。"

　　每当听到这样的赞美，阿艺心里也美滋滋的。

4

很多时候，不是我们不会说话，而是说话的态度有问题，那样才会导致有些合同没有谈成功，或者让朋友间的误会越来越深。好好说话并不会让你身上掉块儿肉，恰恰还能反映出你的气质和教养。

你想要给人留下好印象，首先要调整说话的态度，学会好好说话。在这个世界上，任何人都不欠你的，你没必要用恶劣的态度对对方说话。当你说出伤人的话，得罪了对方，也就意味着失去了很多机会。

任何人都有可能成为你的贵人，在某个时刻帮你一把，或者给你一次机会，所以，你永远不要用冰冷的态度去对待人家。

很抱歉，这个世界从来都不会善待态度有问题的人。

你样样都好，可是你不是他

1

以前看《天龙八部》，我记住了其中的一句话："你样样都好，样样比她强，你只有一个缺点，你不是她。"

如今，随着年龄的渐长，我才理解了这句话。它告诉大家，一个人的心里只能装着一个人，这个人离去了，他就生无可恋了。就像乔峰对阿朱的爱一样，阿朱在世时，他心里只有一个她，她去世后，他心里也只有一个她。

2

藤萝是我的发小，几年未见，渐渐失去了联系。今年春节，我偶然跟她相遇，彼此相谈甚欢。她年长我一岁，至今未婚。这些年，她一直在北京闯荡，感情始终处于空窗期。

上大学时，藤萝和一个叫辰的男生交往。毕业后，辰去上海念研究生，她去了北京一家世界 500 强公司上班。刚开始，她和辰一个月见一次面，有时她从北京飞到上海，有时候辰从上海坐火车到北京来看她。就这样，两个人的恋爱关系维持了两年。

藤萝大概在这段感情中没有感受到温情，辰也嫌这段感情很累。那天晚上，在辰租住的房子里，他们坐在一起喝酒。两个人对着月色，你一杯、我一杯地喝着。两瓶红酒喝完后，醉意浮在他们的脸上。

"我们分手吧！"藤萝说。

"珍重！"辰说。然后，他们抱在一起痛哭了一夜。

第二天，藤萝飞到北京，接着到国外出差，从米兰飞到瑞士，再从瑞士飞到印度。她忙于工作，不是在出差，就是在出差的路上。

辰则埋头苦读，继续着他的求学生涯。后来，他如愿考上了北京一所大学的博士。有一次，两个人在朋友聚会时相遇，但也只是淡淡一笑，并无过多的交流。

3

在飞往意大利的途中，藤萝认识了一个男人，他恰巧是分公司的行政总监。他对藤萝一见钟情，随后展开了火热的追求。也许是对爱情麻木了，藤萝对他的告白无动于衷。

后来，藤萝试着去跟他交往，发现他和辰是两种性格，三观及生活方式完全不同。她和他一起逛街、吃饭、K歌、滑雪，但她始终没有甜蜜和心跳加快的那种恋爱感觉。

"藤萝，差不多就行了吧。"闺密A劝说。

"藤萝，婚姻都是将就，只要对方条件可以，有没有爱情无所谓。"闺密B也劝说。

藤萝想不明白，都是大好年华的闺密A和B，怎么会持这种将就的态度？

当年，闺密A跟自己的上司纠缠不清，破坏了他的家庭，待小三转正后，她就当上了后妈。现如今，她虽然住在豪宅里，但要看先生脸色行事，并且先生经常不在家，陪伴她的是女儿和保姆。她还要忍受先生前妻的骚扰以及挑拨离间，继子更是管教不得。

A的生活一团糟，她单枪匹马地与先生的前妻斗智斗勇，随时做好了被扫地出门的准备。

闺密B通过相亲认识了一个男人，还没了解清楚对方呢，就跟他走进了婚姻的殿堂。婚后，她生了一对可爱的双胞胎，但谁知丈夫经常偷偷摸摸地跟前女友约会，搞得好像是自己拆散了一对鸳鸯。公婆还时不时地会大驾光临，视察孩子有没有带好。而孩子生病时，B总是找不到先生。

总之，B 的婚后生活也是鸡飞狗跳。

藤萝的这两个闺密唯一的幸运，可能就是住着豪宅，有花不完的钱——但看似美满的婚姻中缺乏甜蜜的温情，处处潜在离婚的风险。

藤萝和辰谈对象时，她喜欢看电影，而辰喜欢玩游戏，但他决不会阻拦她看电影。"你喜欢的事我虽然不喜欢，但会陪着你去做。"辰经常这么说。但那个行政总监会说："电影有什么好看的？不如去吃烤肉。"

冷静下来，藤萝总会拿这两个人来比较，她惊奇地发现，辰才是最适合自己的。那个行政总监自然很好，但他不是辰。

后来，藤萝果断地跟那个行政总监分手了。是的，他样样都好，可他不是她心里的那个人。最后，藤萝和辰重归于好，两个人再度恢复为男女朋友关系。

一辈子很长，不如温暖、有趣地过

1

前段时间，粒儿去了一回赛汗塔拉草原，住在蒙古包，见到了心心念念的雪花。她穿着红棉衣站在雪地里拍了一张雪景照，这张照片颜值很高，朋友圈里几乎所有的人都给她点了赞，纷纷评论道：女神。

粒儿在草原上吃了全羊宴火锅，她被蒙古人的热情和歌声感动得不要不要的。

2

粒儿在一所大学附近的一家培训学校教英文，大部分学员都是在校大学生。她曾经在国外游学过几年，英文底子好，所以顺利地应聘成为英文辅导老师。平日里，粒儿也接些翻译文章的兼职，帮出版社翻译些儿童读物。周末的时候，她给国外的留学生补习中文，一周的时间安排得满满当当，简直就是一个大忙人。

暑假期间，粒儿又一个人去国外旅行了。这次，她的游玩时间是一个月，所要去的地方有三个：南非、新西兰、墨尔本。

大伙儿都惊叹于她的魄力，不知道在人生地不熟的陌生国度，她将如何度过。其实，这些担心对她来说根本不是问题。

幸运的是，粒儿在墨尔本学会了潜水，还邂逅了自己的白马王子——君浩。聊天之余，她惊喜地发现自己和君浩来自同一个城市，都有游学的经历，并且两家还离得特别近。所以，他们一见钟情，擦出了爱的火花。

一个月之后，粒儿和君浩一起回来了。谈恋爱的时候，两个人如胶似漆，恨不得变成一个人。一年后，他们订婚了，这无疑给彼此吃了颗爱情定心丸，他们的感情也越来越稳定了。

一天晚上，粒儿躺在君浩的怀里，轻轻地触摸着他结实的胸部。

"你喜欢我什么？"粒儿问。其实，粒儿也知道问这个问题很白痴，但是她还是想从自己所爱的人嘴里得到答案。

"我喜欢你的勇气和独立。你有自己的想法，能把日子过成缎子，不像有的女人整天只知道买衣服、买化妆品。"

君浩想了想，回答道。

粒儿心里一阵窃喜，又有点小失落，原来君浩爱上她皆是因为她的个性。"原来你只爱我有趣的灵魂，不爱我的皮囊。"粒儿有点委屈。

"你的皮囊和灵魂我都爱。"君浩赶紧哄道。

粒儿偷偷地笑了。

3

于千万人中遇到君浩，不早一步，也不晚一步，刚好是那个地方、那个时间。然后，他们就牵起了彼此的手，承诺要有趣、温暖地过一辈子。

粒儿能在不经意间收获美满的爱情，并不是因为缘分到了，而是她身上的某种特质吸引了君浩，让他愿意在她身上花时间。

对君浩来说，他见过形形色色的姑娘，但是她们虽有好看的皮囊，却没有有趣的灵魂。在他看来，她们身上都缺少一种高雅的气质。

一辈子很长，君浩只想找个有诗意的姑娘，跟她有趣地度过余生。恰巧，他想要的这些，粒儿身上全有。如今，他们已经走进婚姻的殿堂，过上了幸福的小日子。

第 六 章

谢谢你没放弃，成为更好的自己

愿有人给你波澜不惊的生活

谢谢你没放弃，成为更好的自己

最好的关系就是互不干涉

生活的要义是满怀兴奋地活在这个世界上

谈恋爱可以穷，结婚不可以

让心变柔软的武器，都是生活中的小细节

他所有的不主动都是因为不爱你

愿你有好看的皮囊，若没有，那就有有趣的灵魂

愿有人给你波澜不惊的生活

1

杜拉斯说："与你那时的面貌相比，我更爱你现在备受摧残的面容。"

世上总有一种感情令你感动，比如患难与共的夫妻、忍受寂寞的异地恋人。可感动我的是一对老夫妻，他们一起携手走过了 40 年的风雨，用责任和担当托起了彼此余下的时光，用生活的点滴诠释了什么是最美的爱情。

2

年轻的时候，柏叔是个长途货车司机。在那个年代，长途货车司机工资高，很有前景，因而他是很多单身姑娘爱慕的对象。然而，他对那些姑娘没有任何感觉，普天之下他就钟情一个人——杏姨。

那时，杏姨是话剧团的舞蹈演员。一次偶然的机会，柏叔去看了杏姨的芭蕾舞表演后就对她一见钟情。但是，后来在一次芭蕾舞表演中，她足尖点地，旋转跳跃时不小心摔下了舞台。从此，她再也不能跳芭蕾舞了。

当时，柏叔不知道跳芭蕾舞的这个女孩叫什么名字、住在哪儿，而为了找到她，他用了最笨的方法——那就是等到有空时，他会跑到话剧团去寻找杏姨，但好几次都失望而归。

后来，柏叔无意间听说杏姨摔伤腿之后已经泪别舞台了。柏叔费了好大的劲儿才找到杏姨，他知道她一辈子要坐轮椅这个情况之后，依然没有嫌弃她，不顾家人的横加阻拦，发誓这辈子非杏姨不娶。

那时，柏叔26岁，杏姨22岁，正是大好年纪，也算是郎才女貌。

最后，柏叔如愿娶了杏姨。可惜，杏姨无法再生男育女了，整天郁郁寡欢的。柏叔只好辞掉长途货车司机的工作，专心在家陪杏姨。他为杏姨的牺牲遭到父母的反对和指责，他们狠心地把他和杏姨从家里赶了出来。

柏叔和杏姨既没有收入，也没有住房，日子过得紧紧巴巴。他只好向以前的同事张口借了些钱，在偏僻的地段打了一间铺面，零售些日用品。后来，他们领养了一个女童。

就这样，十年时间飞速而逝。杏姨依旧坐着轮椅，柏叔依旧不离不弃地照顾着她。身边的一切都发生了改变，唯有柏叔对杏姨的爱还跟以前一样浓烈。

如今，他们继续生活在老地方，而他们领养的女儿去了墨尔本留学。在他们相互陪伴对方的这数十年之中，没有吵过架，始终如一地爱着彼此，用爱托起了对方的人生。

这个世界上最美的爱情，并不是戴在手上的几克拉钻戒，也不是住着豪华的房子，吃着山珍海味，而是始终有那么一个人愿意给你波澜不惊的生活，愿意给你一个温馨的家，愿意陪你看细水长流。

3

乔然毕业后跟一位学长谈起了恋爱。两个人同居一段时间后，乔然意外地怀孕了，她只好忍痛去流产。

因为身体的原因，乔然只好辞职，窝在家里休养一段时间。刚开始的几个月，学长对她的照顾可算是细致入微，事事会顺着她。

但是，因为工作的需要，学长要调到另一座城市。乔然愿意跟着学长过去，但他不愿意。两个人僵持一段时间后，乔然妥协了，依然留在了本地。而学长去另一座城市开始了新工作、新生活。

乔然自然明白，学长的这一举动是要把自己甩得远远的。因为，她身体欠佳，加上没有了经济来源，学长不愿意承担她每个月的房租和生活费。

　　乔然倒也是个坚强的姑娘，她没哭没闹，反而是心平气和地接受了这一切。

　　大学期间，乔然就是文学社团的主力写手，刚好在身体欠佳的这段时间里，她又重新提起了笔杆子，给各大公众号和杂志写稿。一个月下来，她发现自己挣的竟然跟之前的工资差不多。

　　然后，乔然能付得起每个月的房租了，能承担自己的生活费了，一个人的生活她也过得有滋有味。

　　身体恢复之后，乔然去国外旅游了一次。散完心回来后，她继续投入到写作中。很快，她的月收入就上去了。后来，她加入了一家影视公司写影评。

　　小特是这家影视公司的负责人，他很欣赏乔然的文笔。不知不觉地，他与乔然相爱了。他是个稳重的男人，接纳了乔然的过去。后来，乔然跑到北京跟小特一起生活，她总算找到了一个能给自己温暖的男人。

　　乔然和小特交往一年后，他们举行了婚礼。婚后，小特把乔然当成公主一样宠爱，她感动不已。她这才明白，原来有个人全心全意地爱你是一件多么幸福的事。

< 207 >

谢谢你没放弃，成为更好的自己

1

亦舒说："不必对全世界失望，百步之内，必有芳草。"

看了一部小清新电影《减法人生》，我觉得剧情很励志，充满了正能量。故事说的是一个自卑的胖女孩闫丹，因体形问题处处碰壁，不仅失去了工作，而且高中时期的初恋和闺密走到了一起。

就在人生的低谷期，闫丹遇到了热心的晓康，他收留她在自己的烘焙店里打工。渐渐地，她变了，变得自信了，也爱打扮了，甚至打开了封闭的心，与周围的人打成了一片。

可惜，烘焙店的生意不好，面临着关门的风险。为了守住这份事业，他们共同努力着。闫丹比以前更加拼了，可烘焙店最后还是关门了。之后，闫丹决定开始减肥，她每天坚持晨跑，还去参加了马拉松比赛。当她再次站到晓康的面前时，蝶变成了另一个人。

2

减肥几乎是所有女性的共同话题。有些人为了减肥会控制饮食，甚至去健身房挥汗如雨。可是，人生的减法又何止这一种？人生的减法，是要减去身外之物，用敢于舍弃的方法让心灵减重，进而减掉多余的思想压力，从而让身心变得更健康的一种人生哲学。

"天下熙熙，皆为利来；天下攘攘，皆为利往。"人生应以减法的形式开始，放慢脚步，让时光慢下来，将牵绊自己的俗事移开，将肩上的重担卸下，给自己充足的时间品尝一杯茶、读一本书，与知己谈天说地。

你要学会断舍离，守住自己的倾城时光，守住自己的精神世界。

3

浮生梦幻，皆为泡影。就拿《减法人生》中的胖女孩闫丹来说，在自卑的岁月里，她没有放弃自己，没有看轻自己，没有对人生失去信心，而是唤醒了心中的梦，咬着牙坚持了下来，最后披上了成功的光鲜外衣。

再次站在自己喜欢的人面前，闫丹再也不用自卑了，再也不用低着头了，她灰暗的人生已经翻篇了。接下来，她的人生将会一路芬芳，而她也会走向新的人生巅峰。

谢谢你没放弃，成为更好的自己。在一段岁月中，我们可以改变那个不完美的自己，让自己变得优秀起来。闲暇时，读书充电，多鼓励不自信的自己；做事时，不投机取巧，扎扎实实地去做。总有一天，那些酸涩的日子，那个自卑的自己，都会离我们越来越远。

不论何时何地，你要学会发现美，尽量把日子过得有趣，不陷入抱怨之中，不放弃自己的生活，不放弃自己的梦想，不放弃自己的信仰。生活随时都会转变风向，请你静候着那份属于自己的美好吧。

愿我们一路芬芳，活成自己心中的模样。

最好的关系就是互不干涉

1

初采相亲过三十几个男人才遇到了现在的老公。两个

< 210 >

人交往了一年，他们就走进了婚姻的殿堂。

没有结婚之前，初采的财务是自由的，父母很少过问她的工资，所以她花钱大手大脚的——吃美食，逛商场，看电影，旅行，买昂贵的香水……总之，她的单身生活过得十分精彩。

直到结婚后，原有的生活被打乱，初采一下子觉得婚姻生活太可悲了，她感到自己犹如生活在地狱里。

"婚姻就是一地的鸡毛蒜皮！"初采发出了感叹。随后，一杯酒下肚，她嘤嘤地哭了起来。姐妹们不知道该如何安慰她，只好轻轻拍打着她的后背，由她哭个够。

"每段不幸的婚姻背后，都有个手伸得老长的婆婆。"初采说出了众姐妹的心声。

姐妹们陷入了沉思，认真想想自己遇到的奇葩婆婆，果真如此。可是，她们也没办法，有的姐妹需要老人资助，有的姐妹需要老人帮忙看孩子。总之，她们一边嫌弃婆婆，一边离不开婆婆。

其中，与婆婆相处最融洽的杏子发表了自己的观点。她说："家庭纠纷，婆媳矛盾，最难得的就是'难得糊涂'。如果总是刨根问底，家庭不和睦的硝烟会永远弥漫！"

初采的孩子刚满一岁，她经历了从被捧在手心里的公主，到啥事都要亲力亲为的用人这一过程，最有发言权。

"'难得糊涂'说起来容易，但当你真正去装聋作哑时会发现真的难啊。你装成哑巴，婆婆像个老巫婆动不动说你；你若说她两句，那就是顶嘴，闯大祸了，跳进黄河也洗不清。"初采抱怨道。

其中，一个姐妹附和道："就是。婆婆做错了，我说不得；而我做错了，婆婆会没完没了，真让人受不了。"

一时间，美好的姐妹聚会变成了吐槽婆婆的大会，气氛一时有些尴尬。这时，平时最沉默的小娜发言了："我觉得婆婆带孩子总比保姆带孩子好，我的孩子交由保姆照顾，结果孩子身上总是紫青紫青的，一看就是掐的。

"我们刚按揭了一套学区房，公婆出了首付款，还帮我们还房贷。人与人的任何关系都是利益驱使，互相制约、互相需要、互相平衡。你尊重她一分，她也不会得罪你十分。"

小娜总结了她与婆婆相处的秘籍。

2

其实，你搞好了婆媳关系，背后还有老公的爱和支持，那么，你的婚姻就会有保障。即使在以后的岁月里发生了什么事，你也不会是孤军奋战。

蜜姐的老公经商，手头的钱越来越多。当初，公公走得早，婆婆又得了高血压，两个孩子没人照顾，蜜姐就当了家庭主妇，照顾两个孩子和婆婆。

蜜姐的老公是独生子，平时忙得脚不沾地，婆婆连他的面都见不上几次，只能跟蜜姐说说话。蜜姐是个性格温柔的女人，从没跟婆婆红过脸。后来，蜜姐的老公不老实，经常跟年轻的小姑娘约会。婆婆知道儿子在外面胡搞，便拿出撒手锏逼儿子跟那些花花草草断了联系。

婆婆还真有两下子，"折磨"自己儿子的把戏多的是。她先是不吃降压药，然后就是不停地给儿子打电话"威胁"，再就是绝食。那段时间，蜜姐老公每天会乖乖地回家，也会被婆婆说教。

婆婆说，要是没有儿媳妇，她早就去天堂了，儿媳妇就是她的亲闺女，谁要是得罪了她的亲闺女，她就要死在那人面前。

母亲的话就是"圣旨"，此后，蜜姐老公删除了那些小姑娘的微信，把卡里的存款全部转到了蜜姐名下。

蜜姐胜利的原因，就是背后有一个力挺她的婆婆。她说，自己这辈子从没感谢过任何人，对婆婆却是感恩戴德。

3

再来说说初采吧。后来，她也慢慢地摸索出了跟婆婆相处的方式。婆婆是个大嘴巴，什么事都要讲出来，而且其中大部分都是她不爱听的。她索性就不听，也不往心里去，任由婆婆一个人唱独角戏。这不，啥事都没有了，天下也太平了。

现在，初采的孩子交由婆婆照看，她每个月会从工资里拿出一些钱给婆婆，就当是给的零花钱。钱果真是好东西，一下子堵住了婆婆的嘴巴，婆婆再也没有说过她什么。

初采的生活貌似回归到了婚前的轨道，她还是与往常一样，没事就喝喝茶、插插花，一天过得也挺充实。

4

从蜜姐身上可以看出，婆婆对她真心实意的背后是她的体贴。婆婆常年吃药，有时候也会忘记吃药，她就把药放在婆婆面前。

人上了年纪最怕孤单寂寞，蜜姐总是陪婆婆说话，到公园散步。婆婆爱听戏，整个屋子里全是戏曲的声音。对蜜姐来说这是噪音，可她从不去干涉，她对婆婆很敬重，很包容。

从初采的身上可以看出，天下的婆婆都难缠。这样，你就不要去触碰婆婆的底线，而要投其所好：她爱美，就给她多买几件漂亮的衣服；她爱钱，就给她零花钱。就像俗语说的一样，"拿人的手软，吃人的嘴短"，只要得到些好处，她总不会得寸进尺，故意找你麻烦。

如此看来，婆媳最好的相处方式就是互不干涉：你别刁难我，我也不会去刁难你。你别以为自己是老人就一天叨叨个没完，我也不会因为自己年轻就嫌弃你年老不中用。

生命无常，岁月如歌，愿你我都平安喜乐。

生活的要义是满怀兴奋地活在这个世界上

1

两天前看完印度电影《神秘巨星》时，我十分震撼。少女尹希娅天生拥有一副好嗓子，她渴望有一天能站在镁光灯闪烁的舞台上，实现自己的音乐梦想。

然而，一切并未如愿。

尹希娅生活在一个不自由的家庭中，母亲经常会遭受到父亲的家暴，而母亲从不反抗，只是逆来顺受，默默地忍受着一切。

印度女性没有地位，无法主宰自己的命运。在男权至上的印度，每个女婴一出生就要面临被丢弃的可能，电影中的少女尹希娅也不例外——母亲从医院偷跑了出来，悄悄地生下了尹希娅，十个月之后再抱着她回家，她才在这个世上活了下来。

在影片中，无论是尹希娅，还是她的母亲，她们的自我意识很强烈，懂得把命运掌握在自己的手中。于是，母亲便偷偷卖掉了金项链，给女儿买了一台电脑。此后，尹希娅会穿着罩袍蒙着脸唱歌，把录好的视频上传到网上。

渐渐地，尹希娅在网上有了名气，著名音乐人夏克提向她抛出了橄榄枝。她欣然接受了，一步一步向梦想靠近。

其实，影片中母亲女性意识的觉醒真正体现在结尾：当粗暴的丈夫命令她把女儿的吉他扔进垃圾箱里时，她理直气壮地跟丈夫理论，并把离婚协议书递到了他面前。

当再次面临丈夫的家暴时，她并没有害怕，而是大声告诉他，她要把他的家暴行为告诉警察。然后，她潇洒地带着两个孩子去参加了颁奖典礼。

那一刻，我觉得这位母亲好伟大，她完全掌握了自己的命运，没有再向男权低头，因而获得了叫好声。

2

我的身边就有这样一位个性鲜明的女子——阿荔。

阿荔出身农村，初中毕业后就嫁给了比自己大几岁的阿晓。他们是包办婚姻，结婚之前双方也没有多少了解，只是见了面，到彼此的家里转了一圈。然后，他们顺理成章地领了结婚证，举行了婚礼。

没有感情基础的婚姻比坟墓还令人恐怖，脆弱得不堪一击。婚后的阿荔并不幸福，她跟阿晓没有共同语言，两个人时常像陌生人一样。

这种日子持续了一年，阿晓的本性就逐渐显露了出来——他嗜酒如命，动不动就出去跟狐朋狗友喝酒，回到家就对阿荔各种辱骂、指责，甚至拳脚相向。

阿晓除了爱喝酒、爱打人之外，还有点大男子主义。要是阿荔多说他几句，或者一日三餐没按时做好，他就会骂人或打人。

起初，为了维护在外人看来夫妻恩爱的画面，阿荔会选择隐忍，不吭声，把阿晓当佛一样供着。令她没想到的是，阿晓不但不知足，反而变本加厉地折磨她，且越来越过分了。

"我再也无法忍受这样的生活了，我不再需要这样的婚姻。"阿荔终于醒悟了。她挣扎良久做出决定，找律师起草了离婚协议书。当然，有一个重要原因是，她没有孩子的牵绊。

半年后，阿荔和阿晓正式离婚。当时，村里人都对阿荔指指点点，觉得她一介女流胆子倒是很大。很多人等着看她的笑话，觉得她跟阿晓离婚后肯定会过得很差。

事实上，离开阿晓之后，阿荔投身到大都市，去寻找自己的新生活。她虽然没有高学历，但是能吃苦，还很热情，很快她就找到了一份可以养活自己的工作，不但管吃管住，收入还不错。

然后，阿荔利用下班时间学习如何护理产妇和婴儿，不到两年时间，她就拿到了月嫂证。如今，她的身份是高级家政人员，也是金牌月嫂，月入过万。后来，她贷款买了房子，过上了被人尊敬的体面生活，还收获了甜蜜的爱情。

阿荔之所以能逆袭成功，彻底改变自己的命运，是因为她不甘现状，对自己不喜欢的生活、不适合自己的婚姻敢说不，敢争取自己的权利。在跌入低谷时，她没有倒下去，而是爬了起来，用自己的力量去改变了一切。

< 218 >

我们都知道，农村姑娘的自强意识相对薄弱。很多时候，对一些不公平的待遇，她们都会睁一只眼闭一只眼，不会跟命运去抗衡，反而会向命运低头，默默忍受一切。

但是，阿荔不一样，她是觉醒了的女人，她改变了自己的命运，让自己过上了美好的幸福生活。

3

艾丽丝·门罗在其著作《恨，友谊，追求，爱情，婚姻》里写道："我希望创造一种没有伪善、丧失自我和耻辱的生活。"

艾丽丝也是一位觉醒的女性，她是我欣赏的作家之一。她从少女时代开始写小说，课余时间兼职做服务员和图书管理员。20岁时，她退学后嫁给了詹姆斯·门罗，开始在琐碎的婚姻生活里打转。

婚后，艾丽丝生下四个女孩，但次女出生后不到一天就夭折了。作为母亲的艾丽丝很悲伤，可生活还是要继续。

如此不幸的经历，换成一般女人早就趴下了，但是艾丽丝没有倒下去，而是接受了命运的安排。

艾丽丝每天除了做家务、看孩子，还要创作小说，这一坚持就是整整十几年。她37岁时出版了自己的第一本书，后来成为获得诺贝尔文学奖的第 13 位女性作家。

如今，这个社会已经给予了女人一些便利的条件——每个女性都有主宰自我命运的权利。这个社会对任何人来说都是自由和平等的，对女人也不再那么苛刻了。

4

小简和小易是一对情侣。上大学时，他们就走到了一起，也是彼此的初恋。

小简是北方人，小易是南方人。毕业后，他们无法避免异地恋，还有双方父母的不情不愿。父母的反对，让这对小情侣进退两难：一方面是陪伴了自己几年的恋人，一方面是生养自己的父母。他们差点因此而放弃了对方。

就在紧要关头，小易挺身而出，辞掉了南方的工作，来到北方发展。于是，这对眼看被拆散的鸳鸯重新走到了一起。他们一起对抗父母施加的压力，好在双方的父母最后都妥协了，他们的结局是圆满的。

三年后，小简和小易走进了婚姻的殿堂。婚后的生活对小简没有任何影响，反而让她觉得婚姻是一件美妙的事情。怎么说呢？对很多姑娘来说，婚后就失去了自由，面临的压力也会增大，甚至还会因为一些鸡毛蒜皮的事情而跟老公吵得不可开交。比如，谁洗碗？水电费、暖气费谁交？去谁家过年？

但是，小简和小易的身上从没有发生过这些事情。

小简爱自由，喜欢做的事情小易从不反对，而她也相信小易，从不怀疑他的修养和人品。她和小易相处融洽，是因为他们找到了适合自己的相处模式。

在这个模式中，最重要的是小简的独立——无论是精神上还是经济上，小简一直是独立的。

小简喜欢茶道、花道这些传统文化，也喜欢背着相机四处去旅行。像旅行这个爱好就是砸钱的项目，但小易不反对。因为，小简的年薪足以支付她所需要的所有费用，小易就是喜欢她的独立和有主见。

小简经常告诉自己，命运要掌握在自己的手中，只有自己能主宰自己的命运。一个女人如果不能经济独立，没有一份可以养活自己的工作，就会在婚姻中处于弱势，那她的一生也注定会是不完美的。

5

在这个世界上，很多事情也许你感到无能为力，但是，努力了也就不会留下遗憾。

一个女人如果能通过双手改变自己的命运，那么她一定是成功的。一个女人要想活得精彩，一定要有一份可以养活自己的工作。

刘嘉玲说："我喜欢的女人乐观、坚强、温柔、优雅。找一份自己喜爱的工作，喜欢的东西自己掏腰包买。不要以为找一个有钱男人就可以满足，年轻漂亮的女孩无限量上架。女人要懂得学会独立，不断提升自我价值，让自己变得无可取代。"

其实，一个女人只有坚持自己的理想和事业，才能体现出自己的价值。任何一个女人，如果上帝给了她美貌，而她光修饰自己的外表，不装饰自己的大脑，久而久之也会沦为可悲的女性。

有人说，如果把没有薪水的操持家务和有薪水的工作加在一起，女人撑起的不只是半边天。

当今社会，男女平等，女人不再是弱者，而是有主见、独立、自信的新女性。在这样的环境里，每个女人将有更多的机会选择自己的人生，去过自己想要过的生活，改变自己的命运。

谈恋爱可以穷，结婚不可以

1

好闺密小愿最近嘚瑟地新买了一大堆高价产品：一块手表、一台电脑、两部手机。但是，买来之后，小愿有点后悔了，她向阿刀吐槽，说自己买这些东西纯粹是为了满足虚荣心，现在她有些心疼钱了。

阿刀安慰她说："钱就是用来花的，你开心了就好。"

阿刀是小愿的大学同学，也是她的初恋。当时，她是班里的学霸，每次奖学金都有份儿。阿刀就是喜欢小愿的上进心，苦苦追求了她一阵子。终于，在一个风和日丽的午后，她接受了阿刀，两个像花儿一样的年轻人就恋爱了。

校园里的小情侣都很穷，只吃得起爆米花、冰激凌、砂锅米线、牛肉面、肉夹馍之类的，但即便如此，阿刀也不太舍得为小愿花钱。

小愿和阿刀谈恋爱时，两个人都已经上大三了。毕业后，小愿进入一家医院工作，阿刀继续读研究生。

走上社会的小愿，已经无法满足于阿刀给她的爱了。怎么说呢？阿刀是个节俭的男孩，每次两个人去看电影，他都会选择票价便宜的午夜电影，而小愿在电影院里经常打瞌睡。

阿刀是北方人，喜欢吃面条，而小愿是南方人，喜欢吃米饭。每次吃饭时，阿刀总会点一碗面，刚开始小愿还能忍受，可后来就无法忍受了。

终于，有一天小愿跟阿刀发火了。小愿生气的原因很明确，他们谈恋爱没有一点浪漫可言——阿刀是个穷小子，只能牵着小愿的手压马路、逛公园，从来没有送过小愿昂贵的礼物，顶多就是几块钱一片的面膜。

这段恋爱，小愿谈得很委屈，很失落。但情到深处不能随便说分手，小愿只能继续跟阿刀交往。

"我讨厌每次跟你约会，你带我逛街就吃几块钱一碗的面条。"小愿的不满像火苗一样，嗖嗖地蹿了出来，然后狠下心放下碗筷，摔门而出。身后是阿刀的叹息声。

自那之后，小愿和阿刀僵持了一段时间，谁也没有联系谁。

这时，小愿被医院里一位患者的儿子喜欢上了，他开始拼命地追求小愿。那个男人有钱，出手很大方，经常带小愿出入高级餐厅，喝进口红酒。

< 224 >

刚开始，小愿很享受这样高大上的约会方式，觉得这才是真正的谈恋爱。一个女人光鲜的时光就那几年，她一定要在那灿烂的几年内留下精彩的回忆。

可是，不可思议的事情也跟着出现了，小愿发现那个男人同时在跟好几个女子约会，自己只是其中的一个。知道真相之后，她非常伤心，不知道如何去面对这段感情。

就在这时，阿刀出现了。此时的阿刀在一家科研单位工作，经常会去国外出差，回来时他都会买一份礼物，像香水、口红、手链、耳钉等。但是，他一直没有机会给小愿，只能默默地等待着机会降临。

阿刀和小愿再次约会后，他带小愿去了米其林餐厅，小愿吃到了心心念念的甜品。阿刀似乎是换了一个人，出手大方，舍得为小愿花钱了。他向小愿求婚，小愿带他见了自己的父母，父母对他十分满意。很快，两个人领了结婚证，举行了婚礼。

阿刀在婚礼上花费了很多心血，中式婚礼，大到宾客用酒，小到喜糖，都是他亲手挑选的。小愿真的没想到阿刀会带给她那么多的惊喜，她甚至有一种错觉，觉得阿刀不是之前的阿刀了。

小愿最喜欢阿刀送给她的那枚一克拉钻戒，这让她的幸福感飙升了很多——在阿刀求婚的那一刻，他立即俘获了她的芳心。就这样，婚后的阿刀完全变了一个人，工资卡全部交给小愿，她喜欢什么就去买什么——最新款的手机、包包、衣服，阿刀从来不会阻拦。

婚后的小愿越来越爱阿刀，并不是因为她爱慕虚荣，而是阿刀舍得为她花钱。一个男人舍得为你花钱，说明他真的爱你。再说了，婚姻要时时刻刻地用心经营，偶尔制造些浪漫、温馨的小气氛，也会让感情迅速升温。

谈恋爱的时候可以穷，反正有爱情，花前月下，情话满天飞，这些甜蜜足以抵挡一切，包括物质。可结婚后不可以太穷，因为婚后双方会迅速进入到烦琐的生活状态中，光靠真情实意是不行的。

彼此相爱的两个人一旦进入婚姻的围城，就会为生计而奔波，再多的情话也不如一碗热气腾腾的馄饨来得实在。

谈恋爱的时候，跟着你吃一碗小面，心里也是热乎的。可结婚以后，即使没有锦衣玉食，但至少要体面。

2

我想起了另一位朋友小婉，小婉与宸宸认识两年后才成为男女朋友。

那时，宸宸还是个毛头小子，在一家工厂里轮流上白班和夜班。他每个月拿着固定的工资，吃食堂里的大锅饭，住在工厂的单身宿舍里。而小婉是办公室的文员，经常去车间检查一些纪律问题，比如作业操作流程是否正确、着装是否统一等。

一来二去，小婉与宸宸熟悉了起来。后来，宸宸跟小婉表白，她没有多想便接受了他。恋爱中的女人智商都为零，而恋爱中的男人荷尔蒙比较旺盛，他们交往半年之后一起住进出租屋，开始了柴米油盐的烟火生活。

小婉来自城市，父母皆是老师；而宸宸来自农村，父母皆是农民。但小婉是真的爱宸宸，她不嫌弃宸宸的家庭条件。自从与宸宸谈恋爱后，她就发现他不乱花一分钱，是个节俭的男人，是个能过日子的人，还为此暗自高兴。

两个人交往一年就结婚了，他们在宸宸的老家举行了简单的婚礼。当天，宸宸的父母给小婉的改口费只有六张皱巴巴的百元钞票。小婉没有彩礼，没有钻戒，没有宴席，来参加婚礼的只有宸宸家的几个亲戚。

小婉的婚礼俭朴得令她自己都吃惊，说白了，她的婚礼办得很简陋，没有一点温馨可言。对她来说，这些都不重要，她一直认为只要自己与宸宸患难与共，他以后变成大富翁也会记着他们一起走过的岁月。

后来，宸宸离开工厂，自己贷款开了一家小工厂，还买了一辆二手车。不久，小婉也到宸宸的工厂里帮忙了。工厂的效益不错，没用几年就攒下了一笔积蓄。但是，宸宸为了弥补这些年过的苦日子，开始四处挥霍，还跟年轻的小姑娘搞在了一起。

当小婉知道宸宸在外面胡作非为后，与他长谈了一次。

"我们离婚吧。"宸宸终于说出了这句话。

"理由呢？"小婉问道。

"我现在可以过上等人的生活了，可每当看见你，我就会想起曾经过的穷苦日子。"宸宸冷冷地说。

其实，宸宸能说出这些话，就说明他对小婉已经没有感情了。小婉二话没说就签了离婚协议书，回到父母身边。

在这段婚姻关系中，小婉表现得识大体，有大家闺秀的风范。然而，在这段感情中，她把自己看得太低——她觉得宸宸穷，理解他的难处，所以自始至终都不曾要求他为自己付出什么。直到离婚以后，她才想明白，谈恋爱的时候可以很穷，但是结婚后不可以。

3

李碧华说："人一穷，连最细致的感情都会粗糙。"

如此看来，小愿和阿刀再次牵手走进婚姻的殿堂，恩爱地一起生活，那是因为他们婚后的生活有了物质保障。而小婉和宸宸从相爱走向分离，则是因为小婉觉得结婚可以跟谈恋爱的时候一样穷。

姑娘，请你记住，恋爱时可以穷，穷到天天吃泡面也没关系，但是结婚一定不可以——就算再穷，你也要穿漂亮的婚纱，做美丽的指甲，戴喜欢的钻戒，手捧鲜花隆重地嫁给他。

让心变柔软的武器，都是生活中的小细节

1

俄国作家帕乌斯托夫斯基说："每一个刹那，每一个偶然投来的字眼和流盼，每一个深邃的或者戏谑的思想，人类心灵的每一个细微的跳动，同样，还有白杨的飞絮，或映在静夜水塘中的一点星光——都是金粉的微粒。"

巴黎清洁工沙梅以前是一名士兵，他在战争期间得了病，顺便带着团长的女儿苏珊娜回国。在回国的途中，沙梅给苏珊娜讲了自己过去的很多故事，其中就有"金蔷薇"

的故事：谁家有了金蔷薇，就一定有福气。不止是这家人，谁摸一摸这朵金蔷薇都会有福的。

回国后，沙梅把苏珊娜交给了她的姑母，自己则从事底层工作——清洁工。在这期间，他并没有见过苏珊娜，直到多年后，他再次与出落得标致的苏珊娜重逢。此时的苏珊娜被情人抛弃，沙梅很同情她，便把她留在自己家住了几天。

在沙梅的帮助下，苏珊娜和情人重归于好。

苏珊娜走后，沙梅做了一个决定，要给苏珊娜打造一朵金蔷薇。他开始收集首饰作坊的尘土，把尘土里的一些金屑筛了出来，日积月累就成了一块小金锭。

当金蔷薇打造好之后，沙梅调整好心态准备送给苏珊娜时，却得知她一年前去了美国。最终，他抱着遗憾孤独地离开了这个世界。

这个悲伤的故事叫《珍贵的尘土》，出自帕乌斯托夫斯基的散文集《金蔷薇》。当时，我读完这个故事独自悲伤了好几天，因为沙梅到最后都没有向苏珊娜告白，苏珊娜不知道沙梅对她情真意切。

生活中有很多遗憾，但对沙梅来说，没有比这样的遗憾更让人难过的了。多年以后，苏珊娜也许会知道曾经有个叫沙梅的小伙子喜欢过自己，有那么一瞬间，她会被感

< 230 >

动，坚硬的内心也会变得柔软。

可惜，故事到这儿就结束了，他们并不会因为一些小的细节而有所交集。

很多时候，我们忽略了身边那些温暖的小细节，其实那才是让我们内心变柔软的有力武器。

2

我想起了朋友甜甜的故事，她出国进修一年，回来时发现母亲已经患上了阿尔茨海默症，连最基本的认知能力都没有了。她指着父亲问母亲："这是谁？"母亲摇摇头表示不认识。这种记忆性障碍令她很难受。

有一次，当甜甜坐在母亲身边，母亲竟然会冲她微笑，用手轻轻抚摸她的脸。"你胖了。"母亲温柔地说。

甜甜瞬间泪如雨下，母亲任何人都不认识了，却唯独记得她。当她把自己的男朋友介绍给母亲时，母亲把她的手交到了男朋友的手里。"以后，甜甜就交给你了。我就甜甜这么一个宝贝女儿，好好对她！"母亲嘱咐甜甜的男朋友。

患老年痴呆症的母亲，就这样轻易地"攻击"了甜甜的内心。

在这个世界上，最爱你的人莫过于给予自己生命的父母。与父母在一起的点滴生活将是你这辈子最幸福的时光，父母给予的那些温情小片段也是你生命中最宝贵的回忆。

3

电影《海洋天堂》上映时，我去电影院看完后哭得稀里哗啦。

影片中，刚过 21 岁生日的大福是个孤独症患者。在母亲过世后，父亲一个人把他拉扯大。如今父亲身患肝癌，自感时日无多，他担心自己离世后儿子无法独自生活，甚至起过和儿子一起死的念头。

但是，死亡并不是解决问题的办法，而且任何人都没有替他人决定生死的权力。于是，父亲决定帮助大福走出困境，他试图将大福送回培智学校，但是学校与福利院的拒绝令他备感失落。

在无计可施的情况下，父亲唯有用所剩不多的时间教会大福照顾自己。影片的最后，父亲离世，大福学着父亲生前教的一点一滴开始独自生活。

其中，父亲平凡而伟大的爱，像涓涓细流一样流淌进我的心灵深处。

在孩子与父母这场渐行渐远的关系中，父母给予孩子的爱都是柔软而细腻的。那些内心深处温柔的小细节，犹如黑夜中的点点星辰，可以照亮他们的生活。

4

有一次我坐火车，候车室里坐着两位老婆婆，她们年纪差不多，都是满头银发。其中一位老婆婆是来送另一位的，两人双手拉在一起，不停地念叨着。

要进站检票了，一位老婆婆眼角泛着泪花说："你要照顾好自己，你要保重，也许这是我们这辈子最后一次见面了。"

在她的目送下，另一位老婆婆泪如雨下，走上月台。

我问了那位老婆婆才得知，她们从小一起长大，又读了同一所大学。毕业之后，一个人分配到了南方，一个人分配到了北方，虽然远隔千里，但是她们的心没有分离。这种柔软的细节正是友情，就像辛波斯卡所说的："友情很牢固，经久不变，近乎永恒。"

读芭蕾舞演员安娜·巴甫的传记时，才知道她把自己毕生的精力都献给了芭蕾舞，而她弥留之际的一句遗言更是催人泪下："把我的天鹅裙准备好！"

对一个芭蕾舞演员来说，道具才是生命中最重要的东西。安娜·巴甫留给世人的那句遗言，也许会鼓励很多爱好芭蕾舞的人，帮助他们燃起追梦的信心和勇气。

仔细回想成长的轨迹，生命中那些亘古不变的记忆，恰巧就是那些温暖、绵长的小细节，无论是亲人、恋人、朋友、同事、上司甚至陌生人，都会令你坚硬的内心变得柔软。

很多时候，我们会忽视生活中的小细节，但那些看似不起眼的小细节，时时刻刻填充着生活的圆，会给命运留下一串最温情的回忆。

每个人的心里都有柔软的部分，有人谈到父母会动容，有人谈到恋人会动容，有人谈到孩子会动容。无论是哪一种，那些拨动我们心弦、令我们无限怀念的，都是生活中最平常不过的小细节。

命运无常，愿那些让你的心变柔软的小细节成为你最有力的武器，死心塌地地保护着你。

他所有的不主动都是因为不爱你

1

当一个女人对一个男人感兴趣的时候，她会通过肢体语言透露出相应的信息。当一个男人对一个女人有兴趣的时候，他会给她安全感，拥抱她，让她靠在自己结实的肩膀上，甚至情不自禁地亲吻她。

2

舍蔓和阿缋是通过相亲认识的。舍蔓和阿缋的表姐在同一个单位工作，表姐觉得这个姑娘大方得体，就把表弟介绍给了她。

那时，舍蔓已经研究生毕业，顺利地成为一家机关单位的行政人员。阿缋是一家大型企业的策划顾问，平时工作比较忙，出差简直成了家常便饭，时不时就飞国外。

舍蔓和阿缋第一次吃饭是在一家泰国餐厅，阿缋正准备点餐时，老板打来一通电话，他便丢下舍蔓，立刻飞到海南去做策划方案了。

阿缋所在的公司在北京、上海、西安等城市都有分公司，而阿缋经常在这些分公司之间来回穿梭，像一只迁徙的飞鸟。

两个人的第一次见面最终草草收场了，舍蔓与阿缋也没有再联系过。直到后来，一次在一个共同朋友的婚礼上，他们两个人再次相遇。当时，他们坐在同一张桌子上，阿缋想起上次的匆忙离去，一个劲儿地向舍蔓道歉。

"没关系。"舍蔓微笑地说。

阿缋请求舍蔓再给自己一次机会，两个人重新吃顿饭，算是负荆请罪。舍蔓是个慢热的人，便答应了。这次，阿缋选择了水上餐厅，那里是浓浓的大海碧浪风格。

服务员推来餐车，为他们点燃爱心蜡烛，依次把精美的食物摆在桌子上，替他们打开红酒，倒进高脚杯里。

"干杯！"阿缋先举起酒杯。

"干杯！"舍蔓先干为敬。

这一顿饭两个人吃得很愉快，气氛也很暧昧。后来一来二去的，两个禁欲系的年轻人开始约会，不久就顺理成章地成为男女朋友。

起初，阿缋很殷勤，对舍蔓很关心，一天打好几个电话，但新鲜期一过，变成了舍蔓主动给阿绩打电话。

时间一长，舍蔓在这段情感中就处于弱势，仿佛自己赶鸭子上架，追着阿绩满世界跑。

这时候，阿绩开始玩失踪，本来说好要一起去看电影、滑雪、吃海鲜，等到舍蔓打扮好自己，拨打阿绩的电话时，对方的手机不是关机就是正在通话中。

舍蔓为此很苦恼，为了给自己找一个台阶下，她只能安慰自己说也许阿绩太忙了。

在这段感情中，刚开始的那几天，阿绩表现得很积极，直到后来索性连一个电话都不打了。然后，舍蔓打电话过去，阿绩都懒得接。

明眼人都知道，阿绩在这段感情中倦怠了，说明他不够喜欢舍蔓。然而，舍蔓是一根筋的人，一旦投入到一段感情中，就要在一棵树上吊死。

天下三条腿的蛤蟆没有，两条腿的男人多的是。舍蔓一点也听不进去身边朋友的劝说，她不甘心自己在这段时间里付出的精力，无法说服自己。

舍蔓一个劲儿地向阿绩表述自己多么喜欢他，愿意嫁给他，为他生儿育女，可这些仍然感动不了阿绩。直到最后，舍蔓打电话过去，接电话的人是另一个女人，她自称是阿绩的女朋友。

这次，舍蔓终于死心了。

一个男人在一段感情中一直不主动，很明显，他就是不够喜欢你；而一个女人在一段感情中主动久了会累，会放手，会恨自己很傻很天真。舍蔓和阿缋就这样分手了，分手的原因很简单，就是阿缋不够爱她。

这世间的失恋无非两种，要么你非常爱他，而他不爱你；要么他非常爱你，而你不爱他。当一个不爱你的人离开你时，其实你没必要伤心，而要举起酒杯庆祝自己失去的只是一个从来没有爱过自己的人而已，而不是全世界。

一个不爱你的人离开了，你没必要遗憾——你本来就是一道风景，没必要去仰视别人的风景。

3

半年之后，舍蔓再次恋爱了，对象是大学老师丁先生。刚见面时，他就对舍蔓说出了自己愿意跟舍蔓试着交往一下的想法。

但是，舍蔓在之前的那段情感中受了打击，懒得搭理他。可是，他也不生气，一如既往地对舍蔓掏心掏肺。

丁先生早晨起来的第一件事情，就是先给舍蔓发条信息，叮嘱她按时吃早餐。周末，舍蔓会窝在家里睡懒觉，他会给舍蔓叫外卖；下午约舍蔓看电影、划船、逛街、吃美食。总之，他会变着法子逗舍蔓开心，给舍蔓留下了美好的回忆。

丁先生在这段感情中很主动，舍蔓除非有事会主动给他打电话外，很少联系他。而丁先生每天都会给舍蔓打电话，用柔软的爱包围着她。

舍蔓终于被感动了，答应嫁给他，做他的妻子。

结婚之后，丁先生还是跟以前一样，细心照顾着舍蔓，上班之前会亲吻她的额头，下班后会给她做好吃的。

舍蔓在这段感情中悟出了一个道理：你情我愿的爱情，才是天下最美好的爱情。

有位情感专家说：“如果你爱上了一个男人，你千万别去主动追求他，最好的办法是让他追你，这样你才能占据主动，得到你想要的结果。

他所有的不主动，是因为不够喜欢你。如果他喜欢你，他会想尽办法去追求你，最终赢得你的芳心。如果他对你没感觉，即使你对他表达了强烈的爱意，他也会装作不知情，模棱两可地对待你。”

如果一个男人对你很主动，你也对他有好感，不妨考虑跟他交往一下，说不定你们能结为百年之好。

愿你有好看的皮囊，若没有，那就有有趣的灵魂

1

王尔德说："这个世界上好看的脸蛋太多，有趣的灵魂太少。"

后来，朋友问我，什么叫有趣的灵魂？关于这个问题，知乎上有这样的答案：俊男美女多，有修养的少。

其实，俊男美女是天生的，后期包装不需要成本，没有什么价值。但是，一个有修养的人需要热爱生活，花费时间读很多的书，走很多的路，有很多的人生经验。

与这样的人相处，你会如沐春风，心生喜爱，觉得有趣。拥有高尚品德和修养的人便具有有趣的灵魂，亦师亦友。

2

表妹长相一般，按常理来说，像她这种普通的姑娘生

活应该很枯燥，可是，她不一样，她的生活可谓热气腾腾。

考入财经大学后，她积极参与学校组织的各种活动，在活动中收获了无数掌声和鲜花。于是，很多人愿意跟表妹在一起，因为他们觉得她能带给自己快乐。

表妹的性格出奇地好，加上大方得体，人缘也很好。今年暑假，她应聘了学校组织的为期 15 天的支教活动。当时有 2000 余人应聘，最后只录取了 200 人，其中就有表妹。

老师问她："会和面吗？"

表妹机智有趣地回答："我是北方人，从小吃着面食长大的。"

老师一笑，表妹轻松地被录取了。

在支教活动中，他们被分成两组，一组代课，一组做饭。代课时，表妹能很好地辅导孩子们；做饭时，她也能做出一两道拿手好菜。

在支教结束后的文艺演出中，表妹所辅导的班级荣获朗诵一等奖，孩子们的家长都对她表示了感谢。

表妹回来后给我看当时拍的集体照，我指着一个皮肤黝黑的女孩，故做嫌弃地说："你看看人家，个个都打扮得如花似玉。你也学学人家，好好打扮一下。"

表妹对此一点都不在乎，她说，外在美比不上心灵美。

回学校后，表妹还是积极参与社团活动，同时也不忘备战考研。她把时间安排得紧密得当，每天除了正常上课之外，就是去泡图书馆。她认为，女人的外貌是短暂的，唯有知识和涵养才能修饰自己的一生。

读过的书，走过的路，在未来的某一天总会发挥作用，让自己变得更出色，更完美，更闪亮。

我这才明白，表妹受欢迎的原因竟然是她有有趣的灵魂。

3

日本电影《垫底辣妹》中，沙耶加是个不爱学习、爱化妆打扮的女孩。临近高考，妈妈为了让她考上好学校，就把她送到坪田老师开办的补习班。

坪田老师被沙耶加的金色卷发、耳环、脐环、短衣短裙的超时尚装扮惊得瞠目结舌，不过也从中看到了她的优点。

这时，坪田老师得知，沙耶加的知识水平仅相当于小学四年级，但并没有嘲笑她，而是鼓励着她，用自己有趣的灵魂陪伴她度过了一段看不见希望的时光。最终，沙耶加这个垫底辣妹考上了日本最好的大学。

在这段低迷的岁月中，坪田老师功不可没，没有他，就不会有鼓起勇气站起来的沙耶加。

剧中的这位坪田老师，长相一般，戴着一副眼镜，没有好看的皮囊，但有有趣的灵魂。是他让沙耶加重拾自信，点燃了人生的希望。

<h1 style="text-align:center">4</h1>

社会发展迅速，为了能跟上它的步伐，人们都在努力工作，拼命挣钱。然后，他们就去商场买名贵饰品、品牌衣服。这样，皮囊在珠光宝气的衬托下更加耀眼了，但忽略了灵魂的装饰，久而久之，生活也就变得单调乏味，精神世界也就更空洞了。

是的，好看的皮囊千篇一律，有趣的灵魂万里挑一。

很多时候，我们都希望既有好看的皮囊，又有有趣的灵魂——如果两者不能兼得，那就有有趣的灵魂。

愿你的每一天都过得充实，没有伤悲，没有烦忧，不畏岁月的波澜，也不惧时代的挑战。

愿你在残酷的世界里，自带光芒，一路前行。